Rolf Ruwin

**Spanking –
Sehnsüchte zwischen Strafe und Lust**

Rolf Ruwin

Spanking – Sehnsüchte zwischen Strafe und Lust

Geschichtensammlung

Alle in den Geschichten vorkommende Personen sind real.
Um ihre Privatsphäre zu schützen wurden
Lebensumstände und Namen geändert.

Copyright 2013
Alle Rechte beim Autor
Satz und Layout: Friedemann Böttger
Herstellung und Verlag: BoD – Books on Demand, Norderstedt
ISBN 978-3-7322-3622-0

Inhalt

Die Nacht der O	7
Verdrängte Träume erwachen	16
Fernerziehung	22
Besuch im Club	24
Irenes Träume	29
Erwischt	33
Die Yacht der erfüllten Träume	42
Die Sekretärin des Anwalts	46
Ein Traum – Brief an eine Spanking-Freundin	49
Vera und ihr Ex	52
Die Verkehrssünderin	57
Fantasien real erlebt	61

Die Nacht der »O«

Evelin und Fred kannten sich schon längere Zeit, sie waren sehr vertraut miteinander, und unternahmen vieles gemeinsam. Sie hatten sich in einem SM-Club kennen gelernt und sehr schnell ihre Neigungen, Vorstellungen von ihren sexuellem Wünschen und das intensive Ausleben ihrer Träume, mit allen Varianten für sich erkannt.
Sie merkten schnell, dass ihre Vorstellungen, ihre Fantasien übereinstimmten.
Sie waren ein Paar in der klassischen O-Konstellation. Fred sehr dominant, Evelin sehr devot.
Für beide war der Auslöser ihrer Neigungen, das Ausleben zu wollen, aus den Film »Die Geschichte der O« aus den 70er Jahren.
Sie ist die Sklavin ihres Herren, mit entsprechendem devoten Verhalten, der absoluten Bereitschaft zu gehorchen, sich hinzugeben, alle Befehle auch die Strafen ihres Herren demutsvoll, mit Schmerzen, aber auch mit grenzenloser Lust zu ertragen.
Sie waren schon in einigen SM-Studios gewesen mit verschiedenen, perfekt eingerichteten Räumen, unzähligen Spielmöglichkeiten und Geräten, haben beide Erfahrung, waren jedes Mal glücklich, dass sie sich gefunden hatten und ihre sexuellen, für sie sehr erregenden Spiele zwischen Macht und Unterwürfigkeit sich hingeben zu können. Kürzlich fanden sie im Internet eine Veranstaltung »Die Nacht der O«, und es reizte sie diese Party zu besuchen.
Da war zu lesen: Devote Sklavinnen zeigen sich, dienen dominanten Herren an diesem Abend, aber nicht nur ihrem eigenen Partner, sondern sie müssen sich auch fremden Herren, als Sklavin anbieten, und für »Spiele« zur Verfügung stehen. Über die sexuelle Verfügbarkeit entscheidet jedes Paar selber.
– Sex nur mit dem eigenen Partner (rotes Band).
– zur sexuellen Verfügung für fremde Herren (grünes Band) –.

– zur Verfügung für fremde Herren, zur Abstrafung mit Peitsche, Gerte, Rohrstock oder mir der Hand (gelbes Band).
Der eigene Herr der Sklavin entscheidet immer ob und mit wem gegebenenfalls »gespielt« werden darf. Von den Sklavinnen wird allerdings ein entsprechendes devotes Verhalten erwartet.
Fred und Evelin meldeten sich für diese O-Party beim Veranstalter des Abends an, sie waren in erregender Vorfreude, was sie wohl dort erleben würden.
Es hatte einen prickelnden Reiz für beide, denn Evelin träumte manchmal davon, auch einem anderen, fremden Herren dienen zu müssen, ihm zu gehorchen, gezüchtigt und auch verwöhnt zu werden.
Obwohl Fred seine Evelin sehr liebte, konnte er sich von dem Gedanken nicht lösen, seine Evelin anderen, dominanten Herrren, zeitweilig auf einer solchen Party in seinem Beisein »zu verleihen«. Auch in der Geschichte der O werden diese »Verleihfantasien« beschrieben und im Film auch gezeigt. Der Tag der Party rückte immer näher, die Vorfreude, auch eine gewisse Unsicherheit, was denn alles Geschehen könnte, übte auf beide einen ungewöhnlichen Reiz aus, stimulierte sie sexuell.
Sie waren sich einig, sie wollen das gemeinsam Erleben, auch Evelin ahnte, es könnte passieren, dass sich ihr Fred mit einer anderen Sklavin am Abend intensiv befassen würde. Jede Sklavin hatte bei de Anmeldung einen Profilbogen auszufüllen, welche Spiele mit ihr möglich sind, welche nicht.
Der Tag war da! Gegen 20 Uhr betraten die Gäste das Studio. Die Paare wurden getrennt.
Die Damen wurden an der weißen Bar in einem separaten Raum zusammengeführt, die Herren an der schwarzen Bar im unterem Geschoss des Gebäudes. Die Herren warteten bei einem Glas Prosecco, während die Os, welche auf die bevorstehenden Vorführung, auf ihre Präsentation vorbereitet wurden, in der weißen Bar warteten. Es hatten sich 30 Paare in der klassischen O-Konstellation, vier Sklavinnen ohne Herren, und zusätzlich 12 domi-

nante einzelne Herren zu dieser »O«-Party angemeldet. Dann war es soweit. Ein Diener führte die ersten drei Damen in die schwarze Bar. Vorne stand ein länglicher Lederbock, die Damen mussten sich bäuchlings über den Bock legen. Der Diener entblößte die Pos der Sklavinnen, zog ihnen die Slips herunter und sie mussten in dieser beschämenden Position etwa eine Minute so daliegen. Dann wurden die Herren der Sklavinnen nach vorne gerufen. Jeder Herr band seiner Sklavin das entsprechende farbige Band um das rechte Handgelenk, welches darüber Auskunft gab, über ihre sexuelle Verfügbarkeit sowie ein kleiner gerollter Profilbogen wurden am Halsband der Sklavinnen befestigt, in dem man lesen konnte, wozu die Sklavinnen bereit sind, wenn ein fremder Dom mit ihnen »spielen« möchte.
So wurden alle Sklavinnen der Reihe nach präsentiert. Einige mussten sich auf den Boden setzen, ihre Hände auf ihre Oberschenkel gelegt, mit den Handflächen nach oben zeigend, mit geöffneten Knien, gespreizt, sich präsentieren, so dass der Schambereich immer leicht einsehbar war. Nachdem der Diener alle Sklavinnen vorgestellt hatte, wurden die Herren der Sklavinnen nach oben in die Spielräume geführt. Evelin stand, an einem Andreaskreuz gebunden, fixiert, schon zur Bestrafung bereit.
Evelin streckte Fred ihren Po bereitwillig hin. Allein der Gedanke, dass sie ihren Hintern so präsentieren musste erregte sie sehr. Dass auch allen anderen Doms, die im Strafraum waren, sie so sahen, wie sie sich devot unterwerfen musste, weil es ihr Herr so befahl, sie zu gehorchen hatte, löste ein Gefühl großer Lust in ihr aus. Ihre Brustwarzen wurden steif, richteten sich auf, ihr Hintern überzog sich mit einer Gänsehaut.
Fred würde ihr jetzt vor den neugierigen Augen der anderen Herren, den Arsch kräftig versohlen. Sie streckte ihm ihren Hintern gierig und wollüstig, entgegen, ihr Höschen welches sie noch an hatte, zog er ihr mit einem Ruck in die Kniekehlen herunter, schon das jagte ihr einen erregenden Schauer über den

ganzen Körper. Dann klatschten die ersten kräftigen Hiebe, sie kannte die Handschrift von Fred nur allzu gut auf ihren blanken Hintern.
Bei jeden Schlag zuckte ihr Po und ihr wurde bewusst, sie bekam vor allen anwesenden Herren mit ihren Damen ihren Hintern voll, . Einige Dutzende strenge Hiebe klatschten auf ihren Po, welcher sich gleichmäßig rot färbte.
Fred machte jetzt eine Pause und streichelte Evelins Po zärtlich.
Ein fremder Dom, welcher zugesehen hatte, wie Evelin von Fred gezüchtigt wurde, fasste an Evelins lederndes Halsband, in dem ihr Profilbogen gerollt, in einen silbernen Metallring steckte, in dem geschrieben stand, was mit der O, seiner Sklavin Evelin gespielt werden darf, und was nicht. Sie erregte es mit Gerte oder Rohrstock mit verbundenen Augen, auch von einem fremden Herren streng gezüchtigt zu werden.
Nach dem er den Profilbogen gelesen hatte fragte er Fred etwas, der nickte zu den Worten, die der fremde Dom ihm zuflüsterte.
Der nahm dann einen Rohrstock von einem Gestell an der Wand und begann damit den Hintern von Evelin kräftig durchzuhauen. Auf jede Pobacke setzte es 25 strenge Hiebe. Er war ein Könner, setzte jeden Hieb präzise, nebeneinander auf Evelins Hintern.
Unter den Hieben dieses strengen Zuchtmeisters klatschten, tanzend ihre erregend, anzusehenden Halbkugeln, bei den Küssen des streng geführten Rohrstockes. Fred stand seitlich neben seiner Evelin, seine rechte Hand spielte an ihre Scham. Er befingerte sie zärtlich liebkosend und das erregte sie so sehr, dass man nicht mehr unterscheiden konnte, ob es Schreie des Schmerzes, oder ihrer grenzenlosen Lust waren, welche durch den Strafraum halten. Die Zärtlichkeit der Finger von Fred, die Schläge mit dem Rohrstock, sie wand sich hingebungsvoll, wollüstig in ihren Fesseln am Andreaskreuz, und lösten einen gewaltig, sie glücklich machenden Orgasmus aus.
Fred löste die Fesselung von Evelin und sie musste sich kniend, mit gespreizten Beinen vor ihrem Herren und dem fremden Dom

auf den Boden setzen und Fred sagte zu ihr: »Ich möchte, dass Du Dich für Deine verdiente Abstrafung bedankst Evelin«. Sie musste Fred die Hand küssen und der fremde Dom hielt ihr den Rohrstock hin, welchen sie ebenfalls, demütig küsste. Das Gefühl,auch nach einem nackt präsentierten, heftig, gepeitschten Hintern, sich jetzt noch so unterwerfen zu müssen, weckte erneut eine große Lust in ihr, eine heftige Erregung durchzog ihren ganzen Körper. Fred streichelte ihren glühend heißen Po, zog sie zu sich herauf. Sein Mund küsste zärtlich ihren Hals, ganz langsam aufwärts zu ihrem Mund, beide versanken in einen langen inniglichen Kuss, beide konnten ihre Erregung nicht verbergen. Dann führte Fred Evelin am Halsband in die schwarze Bar, wo auch einige andere Doms mit ihren Sklavinnen anwesend waren. Wie auch die anderen Sklavinnen, musste Evelin sich am Boden kniend, mit gesenkten Blick, absolut unterwürfig und devot hinsetzen. Sie durfte nicht sprechen, während sich die Herren angeregt über ihre Sklavinnen unterhielten.
Nach einer längern Pause gingen Fred und Evelin in einen anderen Spielraum. In diesem Raum stand ein über dimensionales, rundes Bett, mit roten Samt überzogen, an den Wänden waren Spiegel und vier Sklavinnen lagen bäuchlings, von der Hüfte abwärts gänzlich nackt, in aufreizender Weise über dem Bett, präsentierten ihre bloßgelegten Hintern und die Herren waren mit Gerte, Rohrstock, Ledergürtel und Riemenpeitsche in Aktion. Die rosigen Globen, waren in ängstlicher Erwartung ihren Dom hingestreckt, überall klatschte es lautstark und spitze Schreie und wollüstiges Gestöhne ergab eine sehr erotische Atmosphäre, von der alle gefangen und sehr angetörnt wurden.
Fred und Evelin sahen dem Geschehen angeregt zu. Links von Ihnen wurde ein schwarzhaarige Sklavin, mit verbundenen Augen an einem Gestell, mit fixierten Armen und Beinen, rücklings gefesselt, mit einer Gerte, mit einem flachem Lederstück von ihrem Dom ausgepeitscht. An ihren Brustwarzen waren Klammern mit kleinen Gewichten befestigt, welche bei jedem

Schlag auf ihre Oberschenkel in Bewegung gerieten und sie erregt stöhnen ließ.

Nachdem die Bestrafung und das sehr intensive »verwöhnen« der schwarzhaarigen Sklavin beendet war, löste ihr Herr ihre Fesseln, legte sie bäuchlings über das große rote Bett und eine Salve klatschender Hiebe, mit der Riemenpeitsche trafen auf ihren willig ihm hingestreckten Hintern.

Fred hatte unterdessen nun seine Evelin an dem Gestell fixiert, so dass eine Bewegung ihres Körpers fast unmöglich war.

Sie streckte ihren Po ihm erwartungsvoll entgegen, denn sie ahnte was gleich passieren wird. Doch es kam ganz anders. Der fremde Dom versohlte seiner Sklavin sehr streng den Hintern, ihre wunderbaren Halbkugeln zitterten schon vor Erregung, bevor die Riemenpeitsche ihren Po küsste. Der fremde Dom unterbrach seine Bestrafung, ging auf Fred zu, gab ihm seine Peitsche in die Hand, deutete auf den Hintern seiner Sklavin und forderte Fred auf die Bestrafung seiner Sklavin fortzusetzen. Er nahm eine andere Peitsche von der Wand, lächelte Fred an und stellte sich hinter Freds Sklavin Evelin, die ihren Po nun dem fremden Dom ängstlich, aber auch erwartungsvoll entgegenstreckte. Ohne Worte zu wechseln, verstanden sich beide und die Peitschen klatschten auf die prachtvollen Hinterteile der getauschten Sklavinnen.

Die Sklavinnen erregte es sehr, sie waren innerlich sehr aufgewühlt, dass sie jetzt einen anderen Herren, demutsvoll ihre Hintern, in so beschämender Weise präsentieren mussten. Im Takt der Schläge färbten sich die Popobacken in ein dunkles rot.

Etwa zehn Minuten lang versohlten die Herren die Sklavinnen intensiv. Bei jeden Hieb hoben sich ihre Hintern, als wenn sie vom Blitz getroffen wären. Die Schreie, das Stöhnen, Jammern und Wimmern der Bestraften, übertönte alle anderen Geräusche der spielenden Doms im Raum.

Am anderen Ende des roten Bettes kniete eine Sklavin und zwei Doms hatten ihr um ihre Brustnippel, an jeder Brust ca. 20 Wäscheklammern gesetzt. Sie hatte die Augen geschlossen, ihre Brustnippel waren erregt, steif, hart und die beiden Doms streichelten sie sanft, aber zielstrebig, mit ihren Händen. Ihre Finger liebkosten sie, und beide streichelten die Knospe ihrer Erregung zärtlich, aber auch intensiv fordernd. Mit einer kleine dünnen Lederpeitsche, schlug einer der Doms, ihr zärtlich die Wäscheklammern von den Brüsten ab und jedes Mal hallte ein kurzer spitzer Schrei und ein lustvolles, erregtes Stöhnen durch den Raum.

Später am Abende wurde im in einem Salon das Kalt/warme Büfett eröffnet. Die Sklavinnen mussten Ihre Herren bedienen und auch beim Essen neben ihnen, devot knien und so ihre Speisen zu sich nehmen. Wenn ihr Herr einen Wunsch hatte mussten sie gehorchen und sofort bereitwillig seine Wünsche erfüllen. Eine Sklavin gehorchte ihrem Herren nicht, wurde zickig, wollte Befehle ihres Herren nicht sofort ausführen. Vor den Augen der Doms und den anderen Sklavin, zog er seine Sklavin hoch und legte sie übers Knie.

Mit einer schnellen Bewegung zerrte er ihr den Slip herunter, und versohlte ihr den blank gemachten Hintern, der noch ziemlich rot war, von den vorherigen Strafaktionen, recht streng und heftig. Sie zitterte über seinen Knien, und trotzdem erregte es sie sehr, von ihrem Herren, in aller Öffentlichkeit so hart ran genommen zu werden. Allein der Gedanke, unabhängig von den Schmerzen, die sie ertragen musste, sich so vor den anderen zeigen zu müssen, lies sie erschauern.

Nach der Abstrafung musste sie sich, den Po nackt für alle sichtbar, in eine Ecke stellen, ihr Gesicht zur Wand gerichtet, mit hinter dem Kopf verschränkten Armen und man sah deutlich die Spuren ihrer Züchtigung, auf den so in dieser beschämenden Weise präsentierten Hintern.

Erst nach 20 Minuten erlöste sie ihr Herr aus dieser misslichen Lage und sie durfte weiter essen.

Fred führte Evelin am Halsband mit Leine, durch die Räume und

sie sahen einigen anderen Paaren bei Ihren Spielen zu. Überall klatschten Hiebe auf die nackten Hinterteile der Sklavinnen. In einem Raum sahen sie einen Herren auf einer Lederbank sitzend, und sein Oberkörper war weit nach hinten gebogen. Vor ihm kniete eine sehr gut aussehende Frau, um die 40 herum, in einem engen Lederkleid, aber sonst nicht nackt. Sie befriedigte den Herren mit Hingabe, sehr gekonnt und erfahren oral. Ihre weichen Lippen glitten über sein hartes Glied, er zuckte und stöhnte und sehnte sich nach Erlösung. Evelin und Fred verließen den Raum und gingen etwas trinken, weil sie ziemlich erregt waren. Evelin sagte zu Fred: »Ich muss dir etwas erzählen. Diese Dame heißt Karin, und ist mit ihrem Mann hier. Wir haben uns vor der Präsentation der Sklavinnen, in der weißen Bar, intensiv miteinander unterhalten. Sie ist nicht devot, keine Sklavin. Sie ist nur hier weil ihr Mann ein Dom ist, absolut dominant und solche Partys liebt und seine Neigungen nur dort ausleben kann. Er hat ihr gestattet, sich auf solchen Partys auf ihre Weise Befriedigung zu verschaffen, ihr oralen Verkehr mit Doms gestattet, aber keinen Geschlechtsverkehr. So hat jeder auf seine Weise etwas von dem Abend.«
Beide gingen nun in einen Raum und Evelin war davon gleich begeistert. In der Mitte stand ein großer schwarzer, lederbezogener Strafbock, mit einer gebogenen erhöhten Auflage. Auf diesem Strafbock musste man sich hinknien, dann bäuchlings überlegen, so kam der Po in eine erhöhte Position und war zur Abstrafung optimal platziert Schon der Anblick dieses Strafbockes erregte Evelin derartig und sie zitterte am ganzen Körper, weil sie ihren Po einem strafenden Mann so schutzlos hinhalten musste. Es brachte sie völlig durcheinander und ihre Empfindungen überschlugen sich, die Scham der Entblößung ließ sie aufstöhnen, sie merkte, wie sie feucht wurde. Fred nahm einen Rohrstock und versohlte ihr den blanken Hintern. Sie wand sich unter den Hieben des Rohrstockes. Trotz der Schmerzen, überflutete sie ein ungemeines geiles Lustempfinden, sie

wollte den Rohrstock fühlen und sich ihrem Herrn Fred ganz hingeben.
25 Hiebe zeichneten sich deutlich, als Striemen auf Evelins Erziehungsfläche ab. Fred nahm jetzt einen Penis-Vibrator und verwöhnte Evelin gekonnt. Ihr stöhnen, die zuckenden Bewegungen ihres Körpers, zeigten Fred ihre Erregung deutlich an.
Ein Paar, welches schon die ganze Zeit mit im Raum war, auch der Dom hatte seine Sklavin vorher richtig ran genommen, ihr, ihren üppigen Hintern versohlt, sahen zu wie Fred seine Evelin zum erlösenden Höhepunkt brachte. Sie kamen näher. Plötzlich berührte die Sklavin des fremden Doms, die Hand von Fred, nahm ihm den Vibrator aus der Hand, um Evelin dann weiter intensiv damit zu verwöhnen. Dabei stand sie in gebückter, nach vorne gebeugter Haltung, so auf reizend vor Fred, streckte ihm ihren schon ziemlich rot eingefärbten Hintern entgegen, und Fred nicht anders konnte, als ihren so präsentierten in seiner Nacktheit aufreizend hingestreckten Arsch kräftig zu verhauen. Schon, wenn Fred ihren Po nur leicht berührte, ohne zuschlagen, zitterte sie angstvoll, und stöhnte.
Der Dom der Sklavin reizte Evelin an ihren Brustwarzen, welche steif und hart wurden, streichelte sie am Rücken, an ihren Schenkeln, innen und außen herunter und schmuste zärtlich mit ihr.
Die angespannte Erregung der Sklavinnen, ließen beide fast gleichzeitig zu einem gewaltigen Orgasmus kommen, ihre Schreie, ihr lustvolles Stöhnen hallte durch die Räume.
Später saßen einige Doms, und ihre Sklavinnen noch in der weißen Bar zusammen, plauderten bei einige Gläsern Wein, zum Ausklang diese erlebnisreichen Abends, angeregt, über die wundervolle »Nacht der O«.
Ein unvergesslicher Abend der beiden lange in Erinnerung bleiben würde ging zu Ende.

Verdrängte Träume erwachen

Angelica und Peter waren glücklich verheiratet und lebten in einer Stadt im Süden von Deutschland.
Sie war bei einem Rechtsanwalt als Sekretärin beschäftigt, Peter als Produktmanager in einem weltbekannten Elektrokonzern.
Schon während der Verlobungszeit merkte Peter, dass Angelica manchmal sehr leichtsinnig war. Sie fuhren beide Motorroller und Peter hat sie des öfteren ermahnt, sie sollte wenn sie mit dem Motorroller unterwegs ist, einen Helm zu ihre Sicherheit tragen, was sie auch versprach, aber trotzdem fuhr sie fast immer ohne.
Eines Tages nahm Peter sie sich vor: »Wenn ich Dich noch einmal ohne Helm fahren sehe, werde ich Dich übers Knie legen und Dir mal richtig den Hintern versohlen. Hast Du verstanden, ich sage Dir das nur einmal.«
Angelica sah ihn ungläubig an: »Du willst mir, einer erwachsenen Frau, den Hintern versohlen, wie einer frechen pubertierenden Göre. Dass ich nicht lache!
Ich habe das letzte Mal von meinem Vater den Hintern versohlt bekommen. Da war ich 15 Jahre und hatte trotz strengem Hausarrest, heimlich das Haus verlassen, um mich mit einer Freundin zutreffen.«
Sie erinnerte sich jetzt deutlich daran, als Peter ihr das androhte und auch, dass damals neben dem Schmerz, den sie auf ihren Hintern spürte, auch andere sehr lustvolle Gefühle ihren Körper aufwühlten.
Im Laufe der Jahre vergaß sie das aber, weil ja auch keine ähnliche Situation eingetreten wae.
Eine zeitlang hielt sich Angelica an die Anweisung von Peter und trug beim Motorroller fahren ihren Helm.
Im Sommer trafen sich beide oft nach der Arbeit – am Freitagabend nach Geschäftsschluss – an einem See in der Nähe ihrer Stadt.

Peter war schon etwas vor der verabredeten Zeit am See und sah schon weitem Angelica auf ihren Motorroller, sie trug aber keinen Helm.

Sie kam lachend auf ihn zu: »Guten Abend Liebling!« Er schaute sie sehr ernst an, ohne ein Wort zu sagen, beugte er sie nach vorne über, umfasste ihre Hüfte mit festem Griff, und begann mit der Hand ihren ihm so entgegenstreckten Hintern zu versohlen. Sie zappelte und wollte sich losreißen, aber er hatte sie fest im Griff. Nach einer Anzahl von Hieben, auf ihren immer noch mit einem Sommerrock bekleideten Po hörte Peter kurz auf, ihren Hintern zu schlagen, hob mit einem kurzen Ruck ihren Rock hoch und mit einem Griff zog er ihren Slip herunter, und die schon leicht rot eingefärbte Erziehungsfläche lag jetzt frei vor ihm, und er versohlte ihren nackten Hintern ausgiebig weiter, und das Klatschen auf ihre Globen war sehr deutlich zuhören.

Er machte auch immer wieder eine Pause, um ihren Po zu kneten und bemerkte, dass sie durch die Züchtigung feucht geworden war, und sagte: »Ich wusste ja gar nicht, dass Dich das Hinternversohlen so antörnt, Du kleines geiles Luder!« Aber auch Peter war sehr erregt!

Sie küssten sich, sie lächelte: »Ich hätte nicht geglaubt, dass Du mich wirklich übers Knie legst, aber ich glaube ich habe das gebraucht. Ich hatte dieselben lustvollen Gefühle, wie damals, als junges Mädchen. Peter ich möchte das öfter erleben. Nimm mich, bei den leichtesten Vergehen richtig hart ran, ich habe das unbewusst, glaube ich, sehr vermisst.

Durch diese Tracht Prügel sind meine Sehnsüchte in meinem inneren wieder erweckt worden. Peter ich liebe Dich! Ich möchte auch mal den Rohrstock spüren, mein Schatz. Sei streng zu mir!«

Auch Peter hatte Erinnerungen aus seiner Jugendzeit, welche er verdrängt hatte.

So erlebte er mal, als Junge auf einem Campingplatz, wie eine

Mutter, die ihren Mädchen verboten hatte im See baden zu gehen und sie es aber trotzdem taten, den beiden, weil sie das Verbot missachtet hatten, den nackten Arsch intensiv versohlte und sich bei ihm in seiner Hose heftig etwas regte. Er war damals 16 und die beiden, welche von der Mutter verhauen wurden, nur geringfügig jünger.
Der Anblick der zuckenden Hintern, und auch das Geschrei törnte ihn gewaltig an .
Seit diesem Erlebnis danach am See, bekam in Angelicas und Peters Eheleben der Sex jetzt eine facettenreiche Variante dazu.
Nachdem sie zuhause jetzt ihre Erziehungsspiele ausgiebig auslebten, wollten Sie auch mal einen SM- Club besuchen und dort mit gleichgesinnten anderen Paaren, das »Spielen« mit der Dominanz und der devoten Unterwerfung mal richtig intensiv erleben.
Peter fand im Internet eine Adresse im Frankfurter Raum.
Sie fuhren an einem Samstag in den Club. Dort trafen sie sympathischen Menschen, mit den gleichen Neigungen, Wünschen und Sehnsüchten, welche sie auch hatten und die sie dort ausleben konnten.
Angelica und Peter waren fasziniert. Es erregte sie beide sehr, weil dort öffentlich gespielt wurde und man an dem Geschehen als Zuschauer teilhaben konnte .
Nachdem sie ein Glas Wein an der Bar getrunken hatten, betraten sie einen der Spielräume. Sie sahen dort ein Paar, etwa Mitte dreißig, sie hatte eine erregende Figur, sehr weiblich, sie war rothaarig, er dunkelhaarig, hatte ein sehr ansprechendes Aussehen und war sehr dominant.
Sie waren das erste Paar was zu spielen begann.
Sie wurde an einem Strafbock festgeschnallt, auf dem man sich hinknien musste ,und der Oberkörper vorn überliegt und so der Po, sich für eine Bestrafung, hervorragend präsentiert.
Um die Hüfte wurde sie am Strafbock noch zusätzlich mit einem breiten Riemen fixiert.

Ihr dominanter Partner begann sie dann ziemlich heftig mit der Hand auf den nackten Po zu züchtigen. Mindestens 10 Minuten lang, ihr Po färbte sich intensiv rot.

Man merkte, trotz der mit Nachdruck ausgeführten Schläge ihres Doms, dass sie es genoss, denn sie stöhnte, ihr Körper zitterte und sie streckte ihren Hintern sichtbar der abstrafenden Hand ihres Herren entgegen.

Er benutzte dann noch den Rohrstock, die Striemen, von den 15 Stockhieben, die sie erhielt, waren deutlich auf ihren devot hingestreckten Hintern zu sehen. Sie musste die Hiebe laut mitzählen und sich für jeden Hieb bedanken .

Es kam auch noch eine Gerte und das Paddel zum Einsatz. Ein besonderer Reiz für beide bestand wohl in der Schlussphase der Abstrafung.

Er stellte sich breitbeinig vor ihr hin, mit einer Hand unter ihrem Kinn, hob ihren Kopf so, dass sie ihn ansehen musste, und begann ganz langsam seine schwarzen Hosengürtel aus den Schlaufen seiner Hose zu ziehen. Er tat das auffällig langsam, sie stöhnte, als sie das sah. Ihr Hintern begann zu vibrieren, erregend zu zittern, denn sie wusste genau was jetzt passieren würde.

Er nahm den Gürtel und band ihn zu einer Schlaufe, ließ ihn zweimal auf seine Hand klatschen, was sie wiederum laut aufstöhnen ließ, dann zog er ihr gekonnt 25 Hiebe in Abständen, über ihren zuckenden, sich windenden Hintern und ihre Schreie, aber auch ihr lustvolles Stöhnen war überall im Club zu hören.

Dieses Geschehen hat Peter und Angelica sehr erregt. Sie suchten sich einen freien Spielraum, um jetzt auch ihre Träume ausleben zu können.

In dem Raum stand ein schwarzer mit Leder überzogener längerer Strafbock.

Peter verschloss den Strafraum mit einem dunklen, aber doch ziemlich durchsichtigen Vorhang, der auch Zuschauer noch Einblicke gewährte Er befahl Angelica sich bis auf ihre hochhackigen Schuhe und ihre Corsage und ihre halterlosen Netzstrümpfe

sich nackt auszuziehen, legte ihr Hand- und Fußmanschetten an, beugte sie über den Strafbock und fixierte sie daran.
Ihr Po war so in einer Position, wo sie den Schlägen nicht ausweichen konnte und die schwarze Corsage sowie die Strümpfe brachten ihren Hintern besonders aufreizend zur Geltung, was Peter sehr erregte. Er nahm ihr Gesicht in beide Hände:
»Mein liebes kleines Luder, hilflos, gefesselt, mir ausgeliefert und schon so geil. Ich werde Dir zeigen, was man mit einer wehrlosen, nackten und gefesselten Sklavin anstellen kann.«
Er verband ihr die Augen. Ein Kribbeln in ihren Bauch breitete sich aus. Erregung stieg in ihr auf. Sie wollte es so erleben, als seine Sklavin, ihm gehorchen, alles ertragen, was ihr Herr ihr befahl, mit allen Strafen.
So hatten sie es sich zu Hause in ihren Fantasien und Träumen vorgestellt, so wollten sie es erleben. Peter versohlte seine Angelica zunächst sehr heftig mit der Hand den Hintern. Er schenkte ihr nichts. Er hatte eine kräftige Handschrift, das wusste Angelica, aber hier war sie durch das Umfeld und dass auch andere zusehen können, wie Peter ihren Hintern versohlte, erregter als sonst.
Die Hiebe krachten auf ihren Po und brachten ihren ganzen Körper in Aufruhr.
Ihr Hintern wackelte und zitterte unter den Schlägen von Peter und schnellten der der abstrafenden Hand entgegen.
Angelica schrie vor Schmerz und Lust, in die Stille des Strafraumes.
Jetzt setzte Peter die Bestrafung mit dem Rohrstock fort.
Nach 25 Rohrstockhieben glühte ihr Hintern wie ein Feuerball.
Sie schrie, tobte, heulte, doch es half ihr nichts.
Ihre Spalte glühte vor Erregung, ihre Brustwarzen wurden steif, drücken sich in das Leder des Strafbockes. Sie rieb sie am Leder, was sie noch geiler machte.
Nach der Bestrafung küsste Peter sie zärtlich. Noch immer zitterte sie am ganzen Körper. Er beugte sich runter zu ihrem Kopf

und flüsterte ihr ins Ohr sagte, das was sie dachte, was sie bei ihrer immer noch starken Erregung auch wollte.
»Du willst, dass Dich endlich ficke. Das willst Du, habe ich recht?
Du willst mich in Dich spüren, fühlen wie ich Dich dehne, ausfülle und es Dir so intensiv, ausdauernd besorge, wie in unserem Eheleben niemals vorher!«
Sie hauchte »Ja, besorge es mir, ich brauch es! Bitte!«
Er löste ihre Fußfesseln, packte ihre Beine, dass sie auf seinen Schultern zum liegen kamen, ganz langsam, dann im Rhythmus schneller werdend ,mit sehr intensiven Stößen drang er tief in sie ein.
Angelica keuchte, stöhnte vor Lust und entlud sich erlösend, schreiend in einem gewaltigen Orgasmus.
Zuhause sprachen sie immer wieder über ihre Erlebnisse im Club. Sie waren sich darüber einig, neben ihren häuslichen Erziehungs-Spielen, auch das besondere Erleben unter gleichgesinnten Menschen bei Clubabenden wieder erleben zu wollen.
Es bereicherte ihr Sexualleben in ihrer Ehe ungemein. Sie waren glücklich, dass sie sich gefunden hatten.

Fernerziehung

Peter und Angelica waren schon seit langem ein Paar. Beide hatten die gleichen Interessen, liebten Musik gingen gern auf Reisen und hatten beide eine Vorliebe für Spanking.
Sie haben schon lange ihre Träume und Neigungen real ausgelebt. Angelica war glücklich mit Peter einen erfahrenen dominanten Mann, der ihre Neigungen und Wünsche kannte, zu haben.
Peter war oft auf Geschäftsreisen und Angelica allein zu Hause. So vereinbarten sie, dass bei der nächsten Geschäftsreise Peter per Telefon sie mal aus der Ferne erziehen sollte.
Für beide wäre das eine neue Erfahrung. So rief Peter eines Abends aus seinem Hotel an.
Das Telefon klingelte, Angelica nahm den Hörer ab.
»Guten Abend mein Schatz, ich befehle Dir, Dich jetzt bäuchlings auf Dein Bett im Schlafzimmer zu legen und stell Dir dann vor, ich stehe hinter Dir!«
Angelica, lege bitte zwei Kissen unter Deinen Bauch, damit Dein Po in eine exponierte Stellung kommt. Streife Dir ganz langsam Deinen Rock hoch bis zur Hüfte und schlage Dir mit der Hand auf Deinen, noch mit einem Höschen bekleideten Po, zehn mal auf jede Pobacke, damit Du es auch richtig spürst.
Ich werde Dir dann Dein Höschen bis zu den Kniekehlen herunterziehen. Deine wunderschöne, mir sehr erregende Erziehungsfläche liegt jetzt ungeschützt vor mir. Du weisst, ich betrachte Deinen mir so willig hingestreckten Hintern sehr intensiv und auch fordernd. Der Gedanke, dass ich Dich so sehe, jagt Dir Schauer über den Rücken, Dein Hintern zittert erwartungs- aber auch angstvoll.
Zunächst bekommst Du auf jede Pobacke 25 Schläge mit der leicht gewölbten Hand, das ist noch nicht besonders schmerzhaft, aber es wird Deinen Po anwärmen. Ich mache immer wie-

der eine Pause, streichle Deinen Po liebevoll und knete ihn auch leicht.
Du fängst an zu stöhnen!
Nach einer Pause gibt es dann zehn Hiebe auf jede Pobacke, aber jetzt mit der flachen Hand, was gut auf deinen schönen rot gefärbten Hintern durchzieht.
Nach einer weiteren Pause sage ich zu Dir: »Angelica zieh Dich nackt aus, knie vor mir nieder und küsse die Hand, die Dich gezüchtigt hat, was Dir schwer fällt, aber du gehorchst.«
Ich bewundere Deinen wunderschönen Körper, streichle Dich überall, spiele mit meiner Zunge an Deinen Brustwarzen. Deine Nippel werden steif vor Erregung.
Plötzlich packe ich Dich, zieh Dich über mein Knie, nehme einen kurzen Ledergurt und versohle Deinen zappelnden Hintern, zunächst leicht und dann härter und strenger werdend, weil Du es mal wieder dringend nötig hast
In den Pausen streichle ich an Deiner Hüfte, von den Pobacken aussen an den Schenkeln herunter bis zu Deinen Füßen, dann ganz langsam innen an Deinen Schenkeln aufwärts bis zwischen Deine vibrierenden Pobacken, wo ich die Feuchtigkeit Deiner Erregung fühle, ich Dir Deine Lustperle intensiv verwöhne, Dich zur höchsten Lust reize, Dich zur Erlösung führe und Du Dich in meinen Armen stöhnend windest.
Angelica liebte den süßen Schmerz, die erregende Qual, die ungeheuren Lustgefühle die sie beim Spanking durchlebte, das aufgefangen werden von Peter nach einem strengen und schmerzenden Hinternvoll und die sexuelle Entspannung danach.
Auch – einmal nur in ihrer Fantasie – einen Hinternvoll aus der Ferne nach Anweisungen zu durchleben, erregte beide ungemein und machte sie sehr glücklich.

Besuch im Club

Wieder einmal besuchten Eva und Fred ein SM-Studio. Sie wollten an diesem Abend sich Ihrer Träume und Neigungen intensiv hingeben, ihre Vorstellungen von Dominanz, richtig ausleben.
Zunächst gingen sie in die große Halle des Clubs. Fred setzte sich auf das schwarze Sofa .Eva kniete, devot neben ihm am Boden. Langsam trafen die anderen Partyteilnehmer ein, und die Halle füllte sich mit illustren Gästen.
Leise Musik erklang, es waren dominante Herren mit ihren Os,sowie auch einige strenge Dominas mit ihren Sklaven, welche fast alle nackt an der Kette von ihrer Herrin geführt wurden, anwesend.
Auch die Sklavinnen waren nur spärlich bekleidet. Gegenüber von Fred hatte eine in Leder gekleidete Domina platz genommmen. Ihr Sklave, ein muskulöser Mann, und Eva schauten sich verschämt kurz an, senkten aber beide sofort den Blick wieder zu Boden.
Fred reizte die angespannte, erotisierende Atmosphäre. Wie würde die Domina, und auch die anderen Gäste wohl reagieren, wenn er Eva jetzt einfach übers Knie legte, und ihren Hintern kräftig versohlen würde.
Ohne ein Wort zu sagen zog er Eva aus ihrer knienden Haltung nach oben, legte sie übers Knie, schob ihren kurzen Rock hoch, und schon lag ihr wohlgeformter nackter Hintern über seinem Schoß. Ehe sie richtig begriff, was eigentlich mit ihr geschah, versohlte Fred ihren Hintern sehr intensiv.
Sie strampelte wild mit ihren Beinen, versuchte ihren Po mit den Händen zu schützen, was Fred nicht durchgehen ließ, und er seine schmerzhaften Hiebe auf Evas Po verstärkte.
Immer wieder schlug seine Hand, wechselweise auf ihre ihm hingestreckten Pobacken, welche sich langsam rot färbten.
Klatsch... Klatsch... Klatsch... sie hatte schon lange nicht mehr

solch eine Tracht Prügel auf ihren Hintern bekommen. Die gegenüber sitzende Domina sah interessiert zu, wie Fred seiner Eva ihre Strafffläche versohlte, sie zum Glühen brachte.
Der Sklave der Domina hatte zwischendurch seinen Blick verschämt auf Evas schon sehr rot eingefärbten Po gerichtet, was ihm zwei schallende Ohrfeigen, von seiner strengen Herrin einbrachte und er sofort devot, tief in die Knie ging, seiner Herrin die hochhackigen Lederstiefel küsste und stammelte: »Verzeiht mir Herrin, für meinen frechen Blick, auf den nackten Hintern der Sklavin, ihr werdet mich dafür streng bestrafen, mich die Peitsche unnachgiebig auf meinen Hintern spüren lassen.«
Später sahen Fred und Eva den Sklaven, mit den Händen an einer Stange eines Flaschenzuges gefesselt, auf Zehenspitzen stehend, zwischen den Beinen an einer Spreizstange fixiert, splitternackt, mit erregierten Glied, wie er von seiner Herrin mit einer neunschwänzigen Peitsche seinen kräftigen Männerhintern gnadenlos ausgepeitscht bekam.
Fred setzte sich wieder in der Halle auf das Sofa, während Eva neben ihm kniend, sich ihren abgestraften Po immer wieder rieb.
Ein sehr gut aussehender Herr kam auf Fred zu und fragte ihn, ob er sich dazu setzen dürfe, weil die anderen Sofanischen alle mit Paaren besetzt waren. Fred stimmte zu.
Eva musterte ihn, schüchtern, sehr verlegen, aus den Augenwinkeln heraus, weil der Fremde sie da so kniend mit blank gemachten Po in dieser für sie peinlichen Situation sah.
Es beschämte sie, aber auch gleichzeitig erregte es sie sehr.
Er sah gut aus, sie schätze ihn so auf Mitte 40. Das Gefühl, was sie dabei empfand, als der Fremde sie so intensiv betrachtete, löste ein unbeschreibliches Lustgefühl in ihr aus.
Es erregte sie sehr, wenn ein fremder Herr, ein Dom sie so begehrlich, fordernd ansah und sie müsste ihm bedingungslos gehorchen, sich ihm unterwerfen, wenn es ihr Herr Fred von ihr verlangte.
Diese erregenden Fantasien hatte sie schon in ihrer Pubertät, als

sie der Schaffner beim Schwarzfahren erwischte und sie dafür nicht sofort übers Knie gelegt wurde, sondern erst zuhause von ihrem Vater, als die Anzeige einging und sie mächtig den Hintern versohlt bekam.

Der fremde Dom stellte sich vor: »Ich heiße Dan, bin Schwede und lebe schon seit 30 Jahren in Deutschland.«

Er sprach weiter: „Sie haben eine sehr hübsche, attraktive Sklavin zu ihren Füßen zu knien und ich habe zufällig gesehen, wie sie ihr vorhin ordentlich ihren nackten Hintern versohlt haben. Das war streng, aber sie hat es bestimmt verdient!«

Schon wie ich Fred und Dan sich über sie unterhielten, jagte ihr Schauer über den Rücken, sie konnte ihre Erregung kaum unterdrücken.

Sie ahnte es, ja sie spürte es, dass Dan Fred fragen würde, ob er sie auch mal richtig versohlen dürfte, ihr den Hintern mit der Hand, dem Rohrstock, oder der Gerte mit aller Strenge verhauen darf.

Sie wünschte sich immer wieder mal, sich einem fremden Herren unterwerfen zu müssen, und schon bei dem Gedanken, sie müsste Dan, ihren Hintern zur Abstrafung, demutsvoll, absolut gehorchend entgegenstrecken, weil es Fred ihr erlaubte, und sie die strenge Handschrift von Dan intensiv kennen lernen soll, ließ sie feucht werden.

Sie weiß, Fred wird es Dan erlauben, sie zu züchtigen.

Er kennt ihre geheimsten Wünsche, weil sie darüber oft gesprochen haben, es sie unheimlich erregt, wenn ein Fremder, im Beisein ihres Herren sie bestraft, sie mit dem Rohrstock züchtigt.

Nach dem alle drei an der Bar etwas getrunken hatten, gingen sie in die Spielräume zurück.

Eva ahnte, wohin sie Fred führen würde. Sie sehnte sich nach dem Raum, wo dieser große, schwarze, lederne Strafbock stand. Er übte eine unheimliche Faszination auf sie aus, sie war schon erregt, wenn sie ihn sah, oder nur davor stand.

Fred zog Eva ganz nah an sein Gesicht herauf, und flüsterte ihr ins Ohr:

»Du wirst Dich jetzt ganz langsam ausziehen. Dan und ich wollen Dich nackt sehen. Ich werde Dich auf dem Strafbock fixieren, Du wirst, die von mir angekündigten 50 Rohstockhiebe für die Vergehen, die ich in Deinem Strafbüchlein im Hotel gelesen habe, jetzt erhalten. Hast Du verstanden?
Eva, ich werde Dan das Erziehungsrecht übergeben und er wird Dir Deine Strafe, auf Deinen Hintern geben.«
Allein die Ankündigung schon, Dan würde sie versohlen, ließ sie erschauern, wollüstig wackelte ihre Erziehungsfläche. Aus Angst – aber auch erwartungsvoll präsentierte sie Dan ihren Hintern.
Dan stellte sich hinter den Strafbock, ließ den Rohrstock mehrmals dicht an Evas Po vorbeizischen. Sie spürte jedes Mal Luftzug, hörte das Pfeifen des Stockes, und ihr Po zuckte jedes mal zusammen, sie zitterte am ganzen Körper.
Dann legte Dan den Rohrstock, maß nehmend, längs über ihren Po. Streichelte zärtlich über ihre beiden hingestreckten Halbkugeln, um dann unvermittelt den ersten Hieb kraftvoll auf ihren Hintern zu platzieren. Ein spitzer Schrei hallte durch den Raum. Der Rohrstock in der Hand von Dan bebte.
Der erste Schlag des gelben Rohres war hart. Trotz des intensiven Schmerzes, der sich auf ihren Po ausbreitete, überkam sie ein lustvolles Gefühl und bei jedem Schlag, der sie schmerzend traf, wurde das Gefühl intensiver, sie wurde unter den ätzenden Küssen des Rohrstockes und dem Wissen, Dan züchtigt sie, sehr erregt. Das Kribbeln zwischen ihren Schenkeln verstärkte sich zu einem Lustrausch, der sich nach befriedigender Erlösung sehnte.
Sie spürte die kräftigen, strengen, Schläge mit dem Rohrstock auf ihren blanken Hintern. Jeder Schlag hinterließ einen tiefen aufwühlenden Schmerz. Dan hatte eine sehr harte »Handschrift« und sie erhielt die 50 Rohrstockhiebe. Immer nach zehn Schlägen machte Dan eine Pause von zwei bis drei Minuten, um ihr dann die nächsten zehn Hiebe, auf ihre schon mit deutlichen Striemen versehenden Erziehungsfläche zu geben.

Er schenkte ihr nichts, ließ keine Gnade walten. Die klatschenden Hiebe halten durch den Club. Und immer wieder... Klatsch ... Klatsch ... Klatsch trafen die Hiebe sie im Takt auf ihren schon ziemlich roten Po.

Eva flehte: »Dan hören sie bitte auf, aua, aua, oh, bitte, bitte, ah mein Hintern, oh es brennt wie Feuer! Bitte Dan hören sie auf, ich halte es kaum mehr aus, bitte, bitte Dan!«

Weiterhin klatschten die Hiebe auf ihren Po.

Dann schaute auf Fred, und der deutete ihm an ‚dass Eva für ihre Vergehen alle 50 Hiebe erhalten soll. Der Rohrstock trat wieder in Aktion. Dan gab Eva die restlichen 15 Hiebe auf ihren wild zuckenden Hintern. Sie schrie laut und ihre Globen bebten.

Endlich war die Bestrafung vorbei.

Fred löste Eva die Handfesseln und befreite sie von dem Strafbock. Sie rieb sich wild ihre gepeitschten, glühend heißen Halbkugeln.

Solch eine Tracht Prügel hatte sie noch nie bekommen. Die Handschrift von Dan wird ihr lange Erinnerung bleiben.

Bei allen ertragenden Schmerz, hat sie die Bestrafung sehr errregt.

Fred verwöhnte sie später sehr liebevoll, zärtlich, intensiv und führte sie zu einem explodierenden, erlösenden, sie glücklich machenden Finale.

Irenes Träume

Irene ist Vorstandssekretärin in Frankfurt in einem großen Konzern. Sie ist Anfang 40, sieht sehr attraktiv aus, und kennt ihre Wirkung auf Männer. Sie ist selbstbewusst, intelligent, strahlt auch eine gewisse Dominanz aus, ist im Beruf sehr erfolgreich. Sie hat einen Lebenspartner, den sie sehr liebt, es ist eine gute intensive, erotische Beziehung, die sie nicht aufgeben will.
Sie hat aber in ihrem innersten, geheime Fantasien, Wünsche, Neigungen, die sie sich nicht genau erklären kann, wo diese eigentlich herkommen. Sie möchte von einen Mann dominiert werden, ihm devot gehorchen, sich von ihm spanken lassen. Diesen Begriff, und die Bedeutung, hat sie erst später aus Büchern richtig kennengelernt.
Möglicherweise wurde diese Neigung in ihr ausgelöst, als Sie, als knapp 18-jährige mit ihrer Freundin aus einer Disco zu spät nach Hause kam, der Vater ihre Freundin zur Rede stellte, ob sie sich denn nicht merken könnte, wann sie zu Hause sein sollte.
Ohne Vorwarnung beugte der Vater ihre Freundin nach vorne über, hob ihr das Kleid hoch, und versohlte ihr kräftig den Hintern. Nach einer Weile unterbrach er die Hiebe, zog ihr den Slip herunter und sagte: »Deine Freundin soll ruhig sehen, wie Du deinen Nackten versohlt bekommst. Hoffentlich merkst Du dir jetzt, wann du in Zukunft zuhause sein sollst.«
Dies Szene erregte sie sehr, auch das Klatschen der Hand auf den nackten Po ihrer Freundin löste in ihr Gefühle aus, die sie sich nicht erklären konnte. Sie war sehr erregt, spürte ein unbändiges Verlangen danach, das auch Erleben zu dürfen. Später stellte sie sich in ihren Träumen vor, wie es denn gewesen wäre, wenn der Vater ihrer Freundin, ihr ebenfalls den Po versohlt hätte. Diese Träume erregten sie immer wieder und in manch schlafloser Nacht spielte sich in ihrem Kopf diese Szene von damals ab.
Lange Jahre verdrängte sie diese, ihre sehnsüchtigsten Wünsche.

Sie wurde erfolgreich im Beruf, lernte nach einigen sexuellen Beziehungen, ihren jetzigen Lebenspartner kennen. Sie machte ihm Andeutungen ihrer Neigungen und Wünsche, auf welcher dieser aber nicht reagierte. Er zeigte keinerlei Interesse an den Fantasien und Wünschen von ihr.
Ein Theaterbesuch, mit einer Freundin in Frankfurt ließ ihren Wunsch später wieder aufleben, endlich ihre Fantasien nun auch auszuleben. In dem Stück von William Shakespeare: »Der widerspenstigen Zähmung« kommt eine Szene drin vor, wo die zickige, freche Katharina von Petruchio übers Knie gelegt wird, und kräftig den Hinternvoll bekommt. Das Stück endet mit einem Monolog, in dem Katharina ein Loblied singt auf die Unterwürfigkeit der Frau.
Das war der endgültige Auslöser, dass sie nun ihre Fantasien verwirklichen wollte, und ein dominanter Mann endlich ihre Sehnsüchte erfüllt. Es ist nicht einfach für die Umsetzung solcher Träume einen geeigneten Partner zufinden.
Sie stöberte im Internet in verschiedenen Kontaktanzeigen herum, merkte sehr schnell, dass auch jede Menge »Spinner« in der Spankingwelt unterwegs sind.
Nachdem sie eine Anzeige fand, in dem viele ihrer Neigungen und Wünsche von einem Mann beschrieben wurden die genau ihren Vorstellungen von ihrem Erleben widerspiegelten nahm sie zu ihm Kontakt auf .
Über viele Wochen wurden e-mails ausgetauscht, welche mit der Zeit immer intimer wurden. Man vereinbarte ein Treffen, nur erst mal zum kennen lernen. Beide merkten nach sehr kurzer Zeit, bei ihren sehr intimen Gesprächen, dass sie sich sehr gut verstehen und ihre Wünsche, Fantasien auch gemeinsam umsetzen wollen.
Wenige Tage nach ihrem Kennlern-Treffen besuchten sie einen Club in Frankfurt.
Es war ein sehr nobler Club und Irene wurde schon sehr erregt, als sie die Gerätschaften, und den ledernen, schwarzen Strafbock

in einem Raum stehen sah. Es liefen ihr Schauer über den Rücken.
Sie wusste jetzt gibt es kein zurück mehr, jetzt werden ihre Träume wahr. Fred, ihr Partner, befahl ihr sich bis auf die Strümpfe, High Heels und ihre Dessous ganz langsam auszuziehen. Sie bemerkte, wie er sie dabei betrachtete. Er berührte sie dabei auch ausgesprochen langsam und sehr intensiv. Eine Gänsehaut jagte ihr über den Rücken Er legte ihr Hand- und Fußmanschetten an und fixierte sie auf dem schwarzen Strafbock. Zusätzlich verband er die Augen, weil sie sich das gewünscht hatte. Nun sagte Fred zu ihr, nenne mir eine Zahl zwischen eins und zehn. Sie wählte die acht, ihre Glückszahl. Darauf forderte sie Fred auf eine weitere Zahl zu nennen .Diesmal zwischen 10 und 20.
Irene wählte die 17 und wartete gespannt was nun passieren würde. Fred nahm ihr die Augenbinde ab, zog an der Wand einen Vorhang auf und zum Vorschein kamen diverse Peitschen, Rohrstöcke, Paddel, Reitgerte etc.
Alle in der Reihe aufgehängt, und mit Nummern versehen. Nun ging Fred zur Wand und nahm von einem Haken einen Rohrstock mit der Nummer acht.
»Den hast Du Dir selber ausgesucht, als Du die Nummer gesagt hast!« Wir werden sehen wie er Dir schmeckt. Im ersten Moment war sie starr vor Angst. Dann fragte sie Fred, was es denn mit der zweiten Zahl auf sich hätte, die sie nennen sollte, und hatte schon so eine Vorahnung was jetzt passieren könnte!
»Nun« sagte Fred »das ist die Anzahl der Hiebe, die nun zu erwarten hast. Doch zunächst werde ich Deinen Po erst mal richtig mit der Hand versohlen.«
Etwa 10 Minuten strafte er den Po mit der Hand, zunächst mit der hohlen Hand, was laute klatschende Geräusche erzeugte, aber noch nicht besonders schmerzhaft ist, und dann weiter mit der flachen Hand, intensiver, was schon schmerzhafter ist, bis ihr Po ziemlich rot eingefärbt war.
Dann folgte die eigentliche Bestrafung mit dem Rohrstock, den

17 Hiebe, die Zahl die sie selbst ausgewählt hatte. Fred ließ aber mehrmals, bevor der Rohrstock ihren Po traf, den Rohrstock dicht an ihrem Po vorbei zischen, was sie sehr erregte, weil sie nie wusste, wann der nächste Schlag folgen würde.

Zwischen den einzelnen Schlägen streichelt er sie sehr zärtlich, aber auch fordernd am ganzen Körper, was sie in einen wahren Glückstaumel fallen ließ, sie die Schmerzen des Rohrstockes gar nicht mehr so richtig spüren ließ.

Nach einer längeren Pause mit vielen zärtliche Streicheleinheiten wurde ihr schon sehr geröteter Po nochmals per Hand kräftig versohlt.

Fred und Irene ließen dann den erlebnisreichen Abend bei Kerzenlicht und Wein im Barbereich des Clubs ausklingen.

Sie wusste jetzt, das ist es, was sie in ihren geheimsten Träumen sich immer gewünscht hat, das ist der Anfang einer langen intensiven Spankingbeziehung ,von der sie immer geträumt hat. Mit Fred kann sie ihre Träume, Fantasien und Neigungen ausleben.

Sie wünscht sich noch viele Treffen mit ihm.

Sie hat ihren Meister gefunden!

Erwischt

Verona ist eine verheiratete, wohlhabende Frau, Anfang 30. Ihr Mann ist Direktor einer bekannten Versicherung in Deutschland. Sie haben am Stadtrand eine elegante Villa, sie sind in der Gesellschaft ein sehr angesehenes, beliebtes Paar.
Sie geht oft auf Shoppingtour, kauft sich luxuriöse, elegante Kleider, Schuhe und auch manchmal ganz spontan teuren Schmuck.
In Düsseldorf geht sie oft in ihre Lieblingsparfümerie, kauft sich teure Kosmetikartikel.
Sie ist dort eine gern gesehene Kundin. Auch der gut aussehende Geschäftsführer unterhält sich gerne mit ihr, und berät sie fachgerecht.
Eines Tages passierte es, dass sie ein teures Parfüm in die Tasche ihres Mantels steckte und nicht in ihren Einkaufskorb legte.
Sie konnte hinterher sich nicht erklären, warum sie das getan hat.
Herr Ziegler, der in seinem Büro auf dem Schreibtisch einen Überwachungsmonitor stehen hatte, beobachtete die attraktive, sehr gut aussehende Frau immer gerne bei ihren Einkäufen, ihre grazilen Bewegungen und ihre erotische Ausstrahlung faszinierten ihn. Er bemerkte den Diebstahl.
Da sie eine gute Kundin des Hauses war wollte er abwarten, ob sie das Parfüm noch in den Einkaufskorb legt, bevor sie zur Kasse ging, denn alle Artikeln hatten ein Alarmsiegel.
An der Kasse zahlte sie ihre Einkäufe aus dem Einkaufskorb, und ging zum Ausgang.
Beim Verlassen des Geschäftes ertönte ein schrilles Piepsignal.
Der Geschäftsführer bat sie, ihm in sein Büro zu folgen, was sie verschreckt, leicht errötend auch sofort tat, mit großer Verlegenheit, weil auch das Personal und andere Kunden den Vorgang beobachtet hatten.

Sein Büro befand sich im Keller des Geschäftes neben den Lagerräumen. Er bat sie platz zu nehmen.
»Ja, Frau Verdin, sie sind eine gute Kundin unseres Hauses aber ich muss die Polizei einschalten, das ist in unserem Geschäft Vorschrift.«
»Bitte« bat Frau Verdin, »könnten Sie nicht auf eine Anzeige bei der Polizei verzichten. Ich bin bereit den doppelten Kaufpreis des Parfüms zu bezahlen.«
»Nein, bedaure, ich muss die Vorschriften unseres Hauses einhalten.«
Sie bat ihn erneut, doch unbedingt von einer Anzeige Abstand zu nehmen. Für sie wäre der Skandal, der Ärger, welchen sie mit ihrem Man bekommen würde schon schlimm genug.
»Gibt es denn gar keine andere Möglichkeiten diesen Vorfall aus der Welt zu schaffen« säuselte sie – mit einem festen Augenkontakt zu dem Geschäftsführer hin, während sie sich leicht mit der Zunge über ihre Lippen fuhr. Sie wollte ihn verführen, wäre auch nicht abgeneigt gewesen, den gut aussehenden Geschäftsführer ein Schäferstündchen zu schenken.
Der Geschäftsführer lächelte sie an und meinte: »Na ja, Frau Verdin, vielleicht könnten wir das auch anders regeln.« Sie lehnte sich entspannt, auch leicht triumphierend in ihren Sessel zurück und dachte, dass ist ja noch einmal gut gegangen. Das ist ein attraktiver Mann. Warum nicht?
Wir haben sicher beide unseren Spaß.
»Frau Verdin, den Gedanken, den sie zwar nicht aussprechen, aber sehr intensiv haben, hätte auch seinen Reiz für mich, aber wäre für Sie Lust und Vergnügen, aber keine Strafe.«
»Was meinen Sie denn mit Strafe?«
Er schaute sie streng an und sagte: »Ihnen gehört für den Diebstahl mal kräftig der Hintern verhauen.«
»Sie wollen mir den Hintern verhauen? Ich habe das letzte Mal von meinem Vater als ich 14 Jahre alt war den Po versohlt bekommen.«

Sie erinnerte sich daran, dass diese Züchtigung während ihrer Pubertät bei ihr eigenartige Gefühle ausgelöst hatten, welche sie hinterher irgendwie als angenehm und auch erregend empfand. Sie hatte versucht, damals mit Frechheiten ihren Vater noch einmal dazu zu bringen, ihr hart den Hintern zu versohlen, was ihr aber leider nicht gelang.

Sie sah ihn an: »Sie wollen mir also den Po versohlen? Und Sie würden mich nicht bei der Polizei anzeigen und die für mich sehr peinliche Situation wäre damit erledigt? So, und wo soll das passieren?«

Der Geschäftsführer sah sie durchdringend und streng an. »Hier in meinem Büro und zwar sofort.«

Sie war verunsichert, ob sie sich auf diesen ungewöhnlichen Vorschlag einlassen sollte, aber sie erinnerte sich auch daran, dass sie die Züchtigung ihres Vaters damals sehr erregt hatte, Gefühle bei ihr ausgelöst hatte, die sie damals genoss und bisher in ihrem Leben nicht mehr erlebt hatte. So stimmte sie der Abstrafung zu.

Im Büro stand ein großer schwarzer Schreibtisch. Alle Bürounterlagen waren weggeräumt. Der Geschäftsführer der Parfümerie sagte: »Frau Verdin, sie werden jetzt für den Diebstahl eine angemessene Strafe erhalten.«

»Beugen Sie sich über den Schreibtisch. Ich werde Ihnen jetzt mit der Hand ihren Po mit kräftigen Hieben anwärmen, um Ihnen dann die eigentliche Strafe zu geben.«

Er schlug mit der Hand ziemlich fest auf jede Pobacke und sie wand sich unter den Schlägen, ihr Po zuckte und zitterte, was ihn sehr erregte. Nach einigen Minuten hörte er auf.

»Frau Verdin, die eigentliche Strafe erhalten Sie auf ihren nackten Po.« »Bitte nein, ich schäme mich, bitte nicht auf den nackten Po.«

»Doch, Sie sollen es spüren! Ich werde Ihnen jetzt zunächst mit dem Rohrstock 55 Hiebe geben.«

»Warum denn 55 Hiebe, das halte ich nicht aus?«

»Sie werden es ertragen müssen. Können Sie sich erinnern, dass Sie den doppelten Kaufpreis für das Parfüm zahlen wollten als man Sie erwischt hat? Der Kaufpreis 55 Euro, also 110 Hiebe.«
»Die zweiten 55 Schläge erhalten Sie mit meinem Gürtel.« Sie lag noch immer über den Schreibtisch gebeugt, rieb sich verlegen den Po, der von der Züchtigung mit der Hand ziemlich glühte.
»Frau Verdin, ziehen Sie Ihren Rock aus, beugen Sie sich wieder über den Tisch«, befahl der Geschäftsführer in strengem Ton. Sie konnte ja nicht ahnen, dass er seit vielen Jahren Spankingerfahrung hatte und diese auch intensiv auslebte.
Sie flehte: »Bitte nicht, ich schäme mich, bitte geben Sie mir die Schläge auf meinen bekleideten Po, bitte!« »Wirds bald oder soll ich die Polizei anrufen?« Sie stand zögernd auf, zog ihren Rock aus. Leicht zitternd beugte sie sich wieder über den Tisch.
»Den Slip ziehe ich Ihnen auch noch aus, Sie werden die Strafe auf Ihren nackten Hintern bekommen. Verstanden? Eine Diebin wie Sie soll es richtig zu spüren bekommen, wie der Rohrstock und der Gürtel auf ihrem Hintern durchzieht, Spuren hinterlässt, welche Sie einige Tage daran erinnern werden, dass klauen streng und unnachgiebig bestraft wird.«
Mit einem Ruck zog er Ihr den Slip herunter und der nackte Po lag zur Abstrafung bereit. Sie stöhnte auf, rutschte auf dem Schreibtisch unruhig hin und her.
Der Geschäftsführer nahm den Rohrstock, ließ ihn dicht an ihrem Po einige Male vorbei zischen. Jedes Mal zuckte Ihr Gesäß, als wenn sie schon getroffen sei. Und dann kam der erste Schlag, der noch nicht sehr fest ausgeführt wurde, aber sie schrie.
Klatsch, der zweite Schlag folgte und hinterließ ein knallendes Geräusch, was für den erfahrenen Spanker wie Musik in den Ohren klang.
Schlag auf Schlag trafen die Hiebe jetzt ihren hinreißenden Apfelpopo, der sich immer mehr zu einem dunklen rot verfärbte. Jede Backe bekam ihren Teil ab, ihre Beine zappelten, sie bet-

telte er möge aufhören. Sie würde nie wieder stehlen. Es würde so weh tun. Ihr Hintern flog von einer Seite auf die andere, als sie versuchte den Schlägen auszuweichen. Doch sie bekam weiter den Rohrstock auf ihrem Hintern zu spüren. Sie musste die gesamte Strafe hinnehmen.
Eigenartigerweise, obwohl die Hiebe streng geführt wurden, merkte sie, dass trotz der Hiebe sich ein intensives schmerzvolles Lustgefühl bei ihr einstellte, was sie schon als junges Mädchen spürte, sie erregte – auch jetzt wieder – als ihr Vater sie übers Knie gelegt hat und ihr den Hintern versohlte.
Frau Verdin bekam ihre zugedachte Strafe bis auf den letzten Schlag, sie schrie, zappelte und weinte.
Aber der Tanz ihrer aufreizenden Hinterbacken war nun zu Ende. Trotz der harten Strafe war sie irgendwie angekommen bei ihren Fantasien und Wünschen, wleche sie über Jahre verdrängt hatte, die Lust auf Hiebe, die Sehnsucht der Unterwerfung durch einen Mann, das devote, demütige genießen, war das was sie sich immer gewünscht hatte.

Einige Wochen später betrat Frau Verdin mit ihrer besten Freundin Monika die Parfümerie. Sie wollten einige teure Kosmetikartikel einkaufen. Beide Damen wurden vom Geschäftsführer freundlich begrüßt.
Der Geschäftsführer zog sich in sein Büro zurück, konnte es aber nicht lassen, die beiden sehr gut aussehenden und auf ihn erotisch wirkenden Damen auf seinem Überwachungsmonitor zu beobachten.
Doch was war dass?
Monika, die Freundin von Verona, griff aus einem Regal ein sehr teures Parfüm, lächelte in Richtung der Überwachungskamera und steckte es demonstrativ sehr langsam in ihre Manteltasche.
Dem Geschäftsführer ging einiges in diesem Moment durch den Kopf. Hat Frau Verdin ihrer Freundin vielleicht berichtet was damals passierte. Er wollte gerade sein Büro verlassen, als er be-

merkte, dass auch Frau Verdin ein Parfüm in ihre Manteltasche gleiten ließ, während sie mit einem eigenartig sehnsuchtsvollen Lächeln in die Kamera schaute.

Beim verlassen seines Büros dachte er, gut beide Damen sollen die strengen lustvollen Züchtigungen erhalten, nach denen sie sich so sehnen.

An der Kasse beobachtete er ob die Damen die in ihren Manteltaschen versteckten Artikel zur Bezahlung an der Kasse vorlegten. Da dies nicht geschah bat er sie in sein Büro. Die Damen folgten ihm bereitwillig in die unteren Räume der Firma, denn beide ahnten, nein sie wussten, was ihnen gleich widerfahren sollte.

Frau Verdin hatte ihrer Freundin Monika erzählt, was mit ihr damals, nachdem man sie beim »Klauen« erwischt hatte, passiert war.

Herr Ziegler sah die beiden Damen an und sagte: »Frau Verdin, Sie haben sicherlich mit Ihrer Freundin darüber gesprochen, was mit einer Diebin geschieht, wenn sie nicht will, dass ich die Polizei rufe und es zu einer Anzeige kommt. Ihr auffälliges Verhalten, wie Sie beide das Parfüm in ihre Taschen gleiten ließen, lässt mich sehr stark annehmen dass sich beide Damen einen kräftigen Hinternvoll wünschen.«

Beide Frauen standen mit gesenktem Blick vor dem Geschäftsführer, schauten ihn beide an, spürten seine körperliche Überlegenheit, seine erotische Ausstrahlung, wollten sich ihm gerne unterwerfen, ihm gehorchen, ihre Strafe hinnehmen.

Sie wussten Spanking als Strafe akzeptieren, liebten die erotischen Schwingungen, dieses Kribbeln im Bauch, wenn ihre Hinterteile nach einer strengen Bestrafung glühten. Sie waren Flagellantinnen, sie liebten es eine Tracht Prügel auf ihren Hintern zu bekommen. Herr Ziegler trat an die Damen heran, schaute ihnen in die Augen und fragte mit leiser Stimme: »Was soll jetzt mit Ihnen passieren, nachdem ich Sie beim Stehlen erwischt habe, meine Damen?«

Beide antworteten fast gleichzeitig mit zittriger Stimme: »Versohlen Sie uns ordentlich unsere nackten Hintern, wir haben es verdient. Wir wollen Ihre deftig strenge Handschrift spüren!«
Als erste bekam die Freundin von Frau Verdin, Monika, den Hintern voll. Der Geschäftsführer stellte einen Stuhl in die Mitte des Raumes und nahm darauf Platz.
Mit strenger Stimme wies er Monika auf ihre Verfehlung hin und plötzlich nahm er sie am Arm, schon lag sie über seinen Knien. Der hübsche, wohlgeformte Po lag in der richtigen Position vor ihm.
Er schob ihren Rock hoch und ganz langsam zog er ihr Höschen nach unten. Dabei streichelte er ihren Po immer wieder liebevoll, was sie genoss, ihr Po zitterte bis unvermittelt plötzlich die feste Hand ihren Hintern traf, er sie kräftig versohlte.
Er klemmte ihre Beine zwischen seine ein, und trotz ihrer Schreie verhaute er ungerührt zehn Minuten lang ihren Hintern. Ihre Schreie veranlassten ihn noch intensiver zuzuschlagen. Sie sollte wissen warum sie ihren Hintern voll bekam.
Dann nach einer kurzen Pause nahm er, ohne sie aus seiner Beinschraube zu lassen ein Lederpaddel und knallte dann in gleichmäßigen Abständen das Paddel auf ihre schon roten Pobacken, welche dann sehr heftig glühten. Trotz ihrer Schreie klatschte er unbeirrt weiter, nochmal gute 15 Minuten, oh wie das brannte.
Ihr Stöhnen und die heftigen Bewegungen ihres Pos erregte ihn sehr. Sie schämte sich unglaublich, ihren Hintern über seinen Knien ihm zeigen zu müssen. Endlich war die Bestrafung vorbei.
»So Frau Monika, jetzt stellen Sie sich dort in die Ecke, ohne ihr Höschen hochzuziehen, verstanden?
Und wehe sie reiben sich ihren Po, dann nehme ich den Rohrstock und es gibt damit noch 25 Hiebe auf ihren Hintern!«
Dann läutete sein Telefon und seine Verkäuferin teilte ihm mit, dass sein Freund Werner da sei und ihn gerne sprechen würde. Er bat ihn ins Büro. Beide Frauen ahnten nicht, dass auch Werner ein begeisterter Spanker war.

Als Werner das Büro betrat und Monika mit entblößtem Hintern in der Ecke stehen sah grinste er seinen Freund an.
»So Frau Verdin jetzt komme ich zu Ihnen und weil Sie ihre Freundin zum Stehlen angestiftet haben, werde ich Sie jetzt streng bestrafen Und damit es besonders beschämend für Sie wird, werde ich meinen Freund bitten, mir dabei zu helfen.«
Er räumte den Schreibtisch frei und befahl Frau Verdin sich über den Tisch zu legen. Hände nach vorne an die Tischkante, die Beine gespreizt. Sie musste sich selbst den Po nackend machen.
Der Geschäftsführer verkündete ihr, dass sie nun von beiden abwechselnd je zwei Dutzend mit dem Rohrstock bekommen würde. Der Aufschrei von Frau Verdin entlockte den beiden nur ein Grinsen.
Sie wurde angewiesen jeden Hieb mitzuzählen, wenn sie es vergessen sollte würden beide von vorne anfangen.
Werner fing als erster an sie zu züchtigen. Die Striemen, die der Rohrstock auf ihrem wild zuckenden Hintern hinterließ zogen höllisch. Nach dem siebten Hieb schrie Frau Verdin so laut, heulte, vergaß zu zählen, so sehr schmerzte es und tatsächlich begann Werner von vorne, trotz kaum auszuhaltenden Schmerzen zählte Frau Verdin dann brav jeden Hieb mit, hoffte nur, dass die strenge Bestrafung bald vorüber sei, atmete auf, als der letzte Hieb ihren sehr roten Hintern traf.
Laut heulend rieb sie sich wie verrückt ihre brennenden Backen, doch sie hatte nicht mit dem Geschäftsführer gerechnet. »Frau Verdin, ich habe Ihnen nicht erlaubt sich ihren Hintern zu reiben, wir sind noch nicht fertig.«
Dann eröffnete er ihr, dass sie nun ein Dutzend mit dem gedrehten Gummirohrstock bekommen würde, auch da müsste sie laut mitzählen.
Entsetzt flehte und bettelte sie, er möge das lassen, sie würde nie wieder stehlen. »Bitte nehmen Sie nicht den Gummirohrstock, mein Hintern brennt wie ein Glutofen. Ich kann bestimmt tagelang nicht mehr richtig sitzen. Ich halte es kaum mehr aus.«

»Sie haben es verdient, Frau Verdin, Ihren Hintern nach Strich und Faden versohlt zu bekommen. Ihr Kreischen und Heulen wird nichts nützen, weil Sie ihre Freundin zum stehlen verführt haben bekommen sie eine gepfefferte Strafe, an die sie lange denken werden!«
Der Geschäftsführer nahm den gehasssten Gummirohrstock zur Hand und zog Frau Verdin in schneller Folge fünf Hiebe quer über ihren Po. Schon nach de ersten Hieb schrie sie schrill auf, sofort traf sie der nächste Schlag und breitete sich wie ein Flächenbrand auf ihrem armen geschundenen Po aus. Nach dem 12. Hieb schrie sie so laut, dass man es in den oberen Geschäftsräumen hörte. So streng, konsequent, gründlich hatte sie ihren Hintern noch nie versohlt bekommen.
Noch lange heulte sie, als auch sie neben Monika wie ein kleines Mädchen in der Ecke stehen musste, das den Po kräftig voll bekommen hatte.

Die Yacht der erfüllten Träume

Wolf von Ölken, ein reicher adliger Industrieller, mehrfacher Millionär mit einer luxuriösen Yacht im Mittelmeer, ist in SM-Kreisen der höheren Gesellschaft ein anerkannter und beliebter Mann.
Bekannt für seine Vorlieben und Neigungen im SM-Bereich, ist Anfang 50 und lebt mit seiner sehr eleganten und devoten Ehefrau mehrere Monate im Jahr auf seiner Yacht im Mittelmeer.
SM-Partys auf seiner Yacht sind Ereignisse, wo sich die Gesellschaft, welche diese Neigungen auslebt sich immer sehr wohl fühlt wenn sie dazu eingeladen wird und das Geschehen auf einer solchen Party mit allen Sinnen genießt.
Die Yacht liegt in Monaco vor Anker, ist sehr exklusiv eingerichtet. Es gibt sechs Doppelsuiten, vier elegante Einzelkabinen für die Gäste, sowie diverse Räume und Kabinen, welche nur dem Ehepaar von Ölken zugänglich sind.
Sein Büro ist in London wo er auch noch ein großes Privathaus besitzt. Um zu einer SM-Party – auch Tribunal-Party genannt – eingeladen zu werden, müssen die Herren ein Schreiben an ihn richten und über die Vergehen ihrer Damen schriftlich berichten. Er entscheidet dann, welche Damen mit ihren Herren eingeladen werden und die strafende Hand, den Rohrstock zu spüren bekommt, wo sich der Schmerz in höchste Lust verwandeln kann.
Je nach Vergehen der Damen, welche in einer Anklageschrift ausführlich geschildert werden müssen, entscheidet er dannn, ob diese Vergehen für eine Gerichtsverhandlung an Bord strafwürdig sind und ob das Paar eingeladen wird
Es werden sechs Damen mit ihren Herren eingeladen. Manchmal berichten auch einzelne Damen über ihre Verehlungen und werden dann nach genauer Überprüfung ebenfalls zu einer solchen Kreuzfahrt eingeladen.
Wolf von Ölken lädt auch noch vier dominante Freunde zu die-

sen Partys ein, so dass auch Solo-Damen mit Sicherheit das bekommen, wonach sie sich so sehr sehnen, einen richtigen strengen Hinternvoll und dazu auf eine Yacht zu einer Kreuzfahrt eingeladen zu werden.
Die Yacht hat zwei große saalähnliche Räume, der eine ist der Speisesaal, der andere ein mit allen nur denkbaren Geräten ausgestattet, welche SM-Spielen ihren Reiz geben und den Damen die genussvolle Erfüllung bringen.
Im August hatte Wolf von Ölken sechs Paare, vier einzelne Damen auf seine Yacht eingeladen Mit einem Fahrzeug der Luxusklasse holte der Chauffeur die Gäste am Flughafen in Nizza ab, und fuhr mit ihnen in den Hafen von Monte Carlo wo wie auf die Yacht gingen.
Dort traf man sich später am Abend im Speisesaal. Dort wurden köstliche Speisen und edle Weine serviert.
Man plauderte angeregt und auch das was noch am Abend passieren könnte war ein Thema. Besonders den Damen merkte man eine gewisse erregende Spannung an.
Gegen 22 Uhr wurde der Speisesaal von zwei Dienern mit nackten Oberkörpern, engen schwarzen Lederhosen in einen Gerichtssaal verwandelt.
Wolf von Ölken und zwei seiner Freunde stellten das strenge Tribunal dar. Die einzelnen Damen, welche sich zwischenzeitlich in ihren Kabinen umgezogen hatten wurden von ihren Herren nun vor das Gremium geführt. Ihr jeweiliger Herr verlas dann die Vergehen und bat das Tribunal um eine angemessene und spürbare Strafe für seine Dame.
Die Vergehen waren vielseitig, belügen ihres Herrn, auffälliges, unangemessenes flirten mit anderen Männern, verbotene Selbstbefriedigung, teure Kleider, Schuhe mit der Kreditkarte ihres Herrn gekauft, ohne vorher darum um Erlaubnis zu fragen. Da die Verfehlungen alle ähnlich waren kam das Tribunal zu einem salomonischen Urteil. Jede Dame wurde zu 100 strengen Rohrstockhieben auf das nackte Gesäß verurteilt.

Das perfide daran aber war, dass nicht der eigene Herr der Dame die Strafe vollstreckte, sondern die Richter des Tribunals sich etwas besonderes ausgedacht haben.

Jeder Herr führte jetzt seine Dame in den Strafsaal. Dort standen sehr lange lederbezogene Tische, welche auf der einen Seite jeweils zwei Haken zum Anketten der Damen hatte. Alle zehn Damen mussten sich über einen Tisch beugen. Die Diener fixierten die Damen mit ledernen Handmanschetten an die Tische, gingen von Frau zu Frau, zogen ihnen die Slips bis in die Kniekehlen herunter. Nun stellten sich die jeweiligen Herren hinter ihre Opfer und zogen ihnen die ersten zehn Hiebe über die so prachtvoll hingestreckten Hintern. Das was jetzt vom Vorsitzenden des Gerichts – Wolf von Ölken – als strafverschärfend – in Übereinstimmung mit seinen Beisitzern – angeordnet worden war, brachte die Damen ziemlich durcheinander, ihre Hinterteile zappelten aufgeregt hin und her.

Die Anordnung des Tribunals lautete, dass jeder Herr nach den ersten zehn Hieben auf den Hintern seiner Dame die Position wechselt, zur nächsten Dame weitergeht und ihr die zweiten zehn Hiebe überzieht, so lange bis der erste Herr wieder hinter seiner eigenen Dame angekommen ist.

So hat jede Frau die unterschiedlichen Handschriften von zehn verschiedenen Herren mit Nachdruck, intensiv und auch beschämend ertragen müssen, denn es haben zehn verschiedene Herren ihre Hintern zum Glühen gebracht.

Das Klatschen, die Schreie der Damen hörte man durch das ganze Schiff hallen und bestimmt bekam das Personal diese Abstrafung auch sehr deutlich mit.

Nach Beendigung der Bestrafung hatte jede Dame kniend die strafende Hand zu küssen und sich bei den verschiedenen Herren für ihre Strafe zu bedanken, was die Herren mit liebevollen Streicheleinheiten und Liebkosungen quittierten und einige der Damen zur lustvollen Befriedigung in einen Rausch der Sinne versetzte.

Alle hatten das bekommen, was sie sich in ihren Träumen gewünscht und auch in voller Hingabe erlebt haben.

In den Kreisen der Gesellschaft sprach es sich schnell herum, dass man seine Neigungen auf der Yacht von Wolf von Ölken mit allen Konsequenzen, den lustvollen aber auch den demütigen Erfahrungen ausleben kann. Immer mehr Anklageschriften wurden in sein Büro geschickt, so dass diese Partys nun von ihm sechs bis achtmal im Jahr auf seiner Yacht veranstaltet wurden.

Die Sekretärin des Anwalts

Vera Landers ist Chefsekretärin in einem Anwaltsbüro in Düsseldorf.
Sie ist Mitte 30, arbeitet seit fünf Jahren in der Kanzlei, hat eine sehr erotische Ausstrahlung auf Männer. Sie ist auch ein wenig verliebt in ihren Chef, was sie sich aber nicht eingestehen will.
In letzter Zeit ist sie unpünktlich, kommt öfters zu spät ins Büro, macht auch Fehler. Findet abgelegte Prozessunterlagen nicht sofort wieder.
Ihr Chef sagte neulich zu ihr: »Vera, sie sind in letzter Zeit oft unkonzentriert, kommen zu spät morgens. Was ist los mit Ihnen? Ich erteile Ihnen eine Abmahnung, und wenn sich das nicht bessert, werde ich ihnen kündigen müssen«.
Vera versprach mit hochroten Kopf, dass sie sich bessern will.
Einige Wochen gab es auch keine Beanstandungen.
Dann passierte etwas. Ihr Chef gab ihr den Auftrag, Unterlagen für eine Prozess, den er bei Gericht vertreten musste, in seinen Aktenkoffer zu packen. Im Gericht stellte er fest, dass es die falschen Unterlagen waren, und der Prozess deswegen verschoben werden musste. Im Büro angekommen, warf er den Aktenkoffer auf Veras Schreibtisch, sagte mit barscher, harter Stimme:
»Vera, kommen sie sofort in mein Büro!« Vera betrat das Büro. Ihr Chef saß hinter dem Schreibtisch, die Tischplatte, wo sich sonst Akten stapelten, war leer geräumt.
Vera stand mit gesenkten Blick vor ihrem Chef.
Sie stammelte was von einer Strafe, welche sie auch verdient hätte. Ihr Chef soll ihr für diesen Fehler einige Tage von ihrem Jahresurlaub abziehen.
Der sah sie durchdringend an: »Es reicht mein Fräulein! Ich werde ihnen jetzt den Hintern versohlen, so wie früher die Schulmädchen den Hintern voll bekamen. Das hat damals immer geholfen. Damit sie lernen, was Pünktlichkeit und Ordnung heißt«.

Vera sah ihn mit hochrotem Kopf an, ein eigenartiges Gefühl machte sich in ihrer Magengrube bemerkbar, nicht nur dort.
Er ging ganz langsam auf Vera zu, zog sie zu sich heran, sah ihr in die Augen, sie konnte seinem Blick nicht standhalten, und sagte zu ihr: »Vera, ich werde ihnen jetzt mal zeigen, was man mit einer renitenten, unpünktlichen Sekretärin macht, man verhaut ihr mal kräftig ihren Hintern. Eine züchtigende Bestrafung ist die einzige Möglichkeit, sie für ihre Nachlässigkeit, ihre Fehler zu bestrafen«. Er beugte, trotz ihrer Gegenwehr, sie über die leere Schreibtischplatte.
Der Anblick, des so der Strafe erwartend präsentierten Pos, erregte ihn.
Ganz langsam schlug er mit strenger harter Hand, wechselweise Hieb auf Hieb auf ihre Pobacken. Seine sonst so stolze Sekretärin fing wild an mit den Beinen zu zappeln, und als sie dies nach eindrücklichen Ermahnungen nicht unterließ, schlug ihr Chef noch strenger auf ihren Hintern.
Sie sollte es spüren, die Bestrafung, sollte eine erzieherische Wirkung haben. Bei jedem Hieb schrie sie, versuchte ihren Hintern wegzuziehen um den Hieben auszuweichen.
Sie erhielt jeweils 15 Hiebe auf jede Pobacke, nur mühsam konnte sie ihre Oh und Aua Rufe unterdrücken.
»Vera, ich werde ihre Strafe jetzt noch verschärfen. Damit sie es sich merken, was es heißt pünktlich zu sein, und korrekt zu arbeiten .«
Mit einem Ruck, für sie völlig überraschend, schob er ihren Rock hoch, bis zur Hüfte, mit beiden Händen zog er ihren Slip bis in die Kniekehlen herunter. Sie stöhnte auf, ihr schon eingefärbter Hintern zitterte leicht.
Sie sah, in ihrer über den tischbebeugten Haltung aus ihren Augenwinkeln heraus, wie ihr Chef seinen Hosengürtel aus der Hose zog.
Ihre Erregung wurde stärker. Ihre steif gewordenen Nippel drückten sich fest auf die Schreibtischplatte.

Er zog ihr mit dem Gürtel etwa zwei Dutzend gut dosierte Schläge über ihren wohlgeformten, schon sehr roten Hintern. Er bemerkte, wie feucht sie vor Erregung geworden war, sah das verräterische Glänzen zwischen ihren Schenkeln. Er merkte, sie genießt die Züchtigung auf ihren Hintern. Er beendete das Schlagen auf ihre Pobacken und streichelte intensiv ihre Lustperle.
Sie wälzte sich genusvoll, stöhnend, aufreizend hin und her, ihr ganzer Körper bebte. Ihr nackter Hintern war mit unzähligen Striemen des Ledergürtels überzogen. Sie stöhnte heftig, plötzlich richtete sie sich auf, küsste ihren Chef intensiv, hingebungsvoll.
Er dachte sich: Küssen kann sie! Das kann sie wirklich !
Sie griff mit einer Hand zwischen seinen Beinen, spürte die gewaltige Erregung, sein steifes Glied.
Sie öffnete seine Hose, nahm seinen Penis in die rechte Hand, massierte ihn intensiv, fordernd! Sie kniete sich vor ihm hin, ihre Zunge liebkoste seine Eichel zärtlich, sie umschloss saugend mit ihren Lippen sein Glied.
Plötzlich umfasste er ihre Hüfte mit beiden Händen, zog ihren Hintern zu sich heran, mit einem Ruck drang er in ihr ein, fickte sie von hinten nehmend, hart, intensiv, richtig ausdauernd durch! Oh, wie hart sich sein Schwanz anfühlte, wie glücklich er sie machte! Sie drängte ihm ihren Hintern willig entgegen, wand sich unter seinen intensiven, rhythmischen Stößen, lustvoll stöhnend. Beide kamen gleichzeitig zum Höhepunkt.
Von einer Kündigung seiner Sekretärin war nie mehr die Rede!

Ein Traum
Brief an eine Spanking-Freundin

Hallo, mein lieber Schatz,

ich hatte gestern Nacht einen wunderbaren Traum und bin glücklich, dass ich Dich kennen lernen durfte, und wir unser Fantasien und Träume gemeinsam ausleben können.
Nur wir beide werden das empfinden, was wir in unserer Spanking-Leidenschaft teilen, und wenn Du sagen würdest, »nein, was Du mir in Deinen Fantasien, und Wünschen so schreibst, ist doch nicht meine Welt«. Ich müsste, und würde es akzeptieren.
Ich werde zwar immer sehr dominant sein, Dich aber nie zu etwas zwingen, was Du nicht willst.
Ich glaube in Dir eine Partnerin gefunden zu haben, die ihre Träume, und Wünsche mit mir auch ausleben will.

Und nun zu meinem Traum:
Wir besuchten einen Spanking-Club, und schon als Du die Räumlichkeiten, und die vielen erregenden Möbel, wie Strafbock, Andreaskreuz, die Rohrstöcke, Ruten, und Peitschen, welche an den Wänden hingen, gesehen hast, liefen prickelnde Schauer durch Deinen ganzen Körper, und Du warst sehr erregt.
Ich habe Dir die Augen mit einen Schaal verbunden, habe Dich ganz langsam ausgezogen, bis auf die halterlosen Strümpfe, Deinen High Heels und habe Dich dabei genussvoll betrachtet.
Du musstest Dich über einen Strafbock beugen, ich habe Dich an den Händen, und Füßen an den Bock gefesselt und noch mit einem Ledergurt fest um Deine Hüfte fixiert, dass es Dir unmöglich war, Dich zu bewegen. Deine Beine waren gespreizt. Du warst fast nackt. Mit geöffneten Schenkeln lagst Du vor mir, hingebungsvoll Deinen Po mir entgegen gestreckt.
Ich nahm einen Rohrstock von der Wand und stellte mich hinter

den Strafbock. Deinen striemenfreien Hintern vor mir sehend und tätschelte ihn mit dem Rohrstock, maßnehmend, um ihn dann plötzlich auf Deinen Hintern streng, in schneller Folge mehrmals zu platzieren. Du wirst fühlen was Du Dir in Deinen Träumen gewünscht hast.
Vor Lust wirst Du Stöhnen, und in einen erlösenden Rausch der absoluten Befriedigung versinken.
Dein ganzer Körper wird lustvoll zittern, rhythmisch ohne Eile, werde ich Dir einen nach dem anderen Rohrstockhieb auf Deinen, demütig hingestreckten Hintern geben, Du wirst es genießen.
Auch werde ich Dich mit der Reitgerte züchtigen. Meine Reitgerte hat an der Spitze einen kleinen eckigen Lederansatz, und mit diesem Ledereck werde ich lange, sehr langsam, und ungemein zärtlich Deinen ganzen Körper streicheln, vom Hals über den Rücken bis zu Deinem wunderbaren erotischen Po.
Ich werde die Gerte der ganzen Länge nach durch die Mitte Deiner Pobacken ziehen, dann sie ganz langsam an den Innenseiten, Deiner vor Erregung vibrierenden Schenkel, auf und ab wandern lassen. Immer und immer wieder.
Plötzlich wirst Du den Luftzug, der kräftig durch die Luft gezogenen Reitgerte an Deinem Po spüren, ohne dass die Gerte Deine Haut berührt. Jedes mal zuckt Dein Hintern angstvoll zusammen.
Dann trifft die Gerte Deinen Po, mit einen leichte Hieb, die Schläge werden intensiver, heftiger, Du stöhnst, windest Dich auf den Strafbock. Versuchst den Schlägen auszuweichen.
Hieb auf Hieb klatscht die Reitgerte auf Deinen zuckenden, schon stark geröteten Hintern, das klatschen, und Dein lustvolles Stöhnen, hallt durch den Clubraum.
Nach etwa 25 Hieben, lege ich die Gerte zur Seite, und küsse Deinen heißen Po zärtlich.
Meine Hände wandern fordernd über Deinen ganzen Körper.
Meine Finger berühren Deine Brustwarzen. Ich knete sie, bis sie

hart und aufrecht stehen. Meine Zunge wird sie liebkosen, dann werde ich mit meiner Zunge langsam über Deinen ganzen Körper wandern, und Dich zu einer erlösenden Befriedigung führen.
Ich hoffe, mein Schatz, dass Du den Abend so erleben willst!
Spanking kann vielseitig ausgelebt werden. Spanking ist nicht nur Züchtigung des Pos, nicht nur eine Bestrafung, sondern es kann auch sehr viel mehr sein!!
Wenn immer wir in unsere Welt eintauchen, dann sollen keine Zwänge, oder Gedanken uns stören, dann sollen wir einfach nur erleben dürfen, wie schön es ist ‚wenn Träume wahr werden.

Liebe, aber auch »strenge« Grüße
Dein ....

Vera und ihr Ex-Freund Achim

Vera ist eine 24-jährige junge gutaussehende Frau, etwa 170 cm groß, hat langes blondes Haar, blaue Augen, eine aufreizende Figur, mit einem strammen Po, nach dem sich die Männer auf der Straße umdrehten, und zu Träumen anfingen!
Eigentlich hatte sie sich von Ihrem Ex-Freund Achim schon vor längerer Zeit getrennt, aber beide verband eine Leidenschaft, die sie nicht von einander loskommen ließ, beide liebten Spanking.
Sie hatte eine eigene Wohnung, einen guten Beruf, wurde auch von ihrer Firma zu Seminaren geschickt, und beruflich sehr gefördert.
Achim besuchte sie immer wieder unverhofft, aber ziemlich häufig in ihrer Wohnung, und ohne große Vorankündigung zog er sie über sein Knie, klemmte ihre Beine zwischen seinen Beinen ein, schob ihr den Rock bis über die Hüfte hoch, zog ihren Slip mit einem Ruck bis in die Kniekehlen herunter, und begann ihren wunderschönen, strammen Hintern mit der Hand kräftig durchzuhauen.
»Du weißt mein Fräulein, warum ich Dir Deinen Hintern versohle, Du freches Luder! Deine provozierenden Worten heute am Telefon haben mich sehr verärgert und ich werde Dir schon Gehorsam und Demut bei bringen.«
Hieb auf Hieb im Takt, traf jetzt seine Hand auf ihren schon sehr geröteten Hintern ihrem immer stärker brennenden Po, ihr Globen brannten wie Feuer und bei jedem Schlag schnellten ihre herrlichen Halbkugeln seiner strafenden Hand entgegen und versetzen ihren Hintern in heftige Bewegung.
Sie zitterte über seinen Knien, schrie aus Leibeskräften, die Hiebe, einige Dutzend auf ihre Pobacken, haben ihren Hintern gleißend rot gefärbt, und sie hatte Angst, die Nachbarn würden es hören, wenn sie den Hintern versohlt bekommt.
Nachdem Achim ihr etwa 20 Minuten lang tüchtig ihren Hintern

versohlt hatte, stellte er die Schläge ein. Die vielen klatschenden Hiebe haben Vera sehr erregt, und sie spürte, wie nah ihr Achim immer noch war, wenn er ihr den Hintern versohlte mehr noch als in jenen Augenblicken, wenn sie miteinander schliefen.

Nach einer Pause sagte Achim zu ihr: »Vera, Du weißt dass war nur der Anfang Deiner heutigen Züchtigung. Ich werde Dich heute heftig versohlen für Deine Frechheiten, Deine Unarten, dass Du Dich noch lange daran erinnern wirst, und morgen sicherlich einige Sitzprobleme hast!«

»Du gehst jetzt ins Schlafzimmer, ziehst dich aus und legst dich nackt, mit einem Kissen unter dem Bauch, so dass Dein Po erhöht liegt auf das Bett! Du wirst mit meinem Hosengürtel eine anständige Tracht Prügel auf deinen schon roten Hintern bekommen weil ich dein Verhalten, was Du in letzter Zeit an den Tag legst nicht länger akzeptieren kann! Hast du das verstanden Vera?«

Veras Stimme klang zittrig, und sie hauchte ein kaum hörbares: »Ja!«

Als er das Schlafzimmer betrat lag sie, wie ihr befohlen war, auf dem Bett, nackt, streckte ihrem Ex ihre ungeschützte, rotglühende und heiße Erziehungsfläche willig und gehorsam entgegen,

Sie konnte keinen klaren Gedanken fassen, fühlte sich hilflos ausgeliefert, aber das Gefühl, sich so unterwerfen zu müssen weckte in ihr eine große Lust, ein wollüstiges Gefühl stiegt in ihr hoch, ihrem Ex so gehorchen zu müssen, von ihm unterworfen zu werden, erregte sie sehr stark.

Er knetete ihren rot geklatschten Po, und seine Hand streichelte ihre Scham, er bemerkte, dass sie feucht wurde.

»Du Luder, habe ich Dir gestattet, dass Du geil wirst, warte mein Fräulein, mach Dich jetzt auf was gefasst!«

Er stellte sich neben dem Bett, hatte den Hosengürtel in die Hand und zog ihr jetzt gleichmäßig ein gutes Dutzend Hiebe über ihren vibrierenden, wild zuckende Hintern.

Als der erste Hieb ihre Halbkugeln traf, glaubte sie Blitze und Sterne vor ihren Augen zu sehen, der scharfe Schmerz bei jedem Hieb mit dem Gürtel, ging ihr durch und durch. Achim wechselte dass Zuchtinstrument, auch der Kochlöffel zischte noch ein Dutzend mal auf ihren Hintern. Ihr Po brannte, glühte, und trotzdem war sie ein wenig Stolz diese Züchtigung von ihrem Ex hinter sich gebracht zu haben.
Trotz der schmerzhaften, erhaltenen Hiebe, empfand sie ein Gefühl der Geborgenheit, aber auch gleichzeitig war sie erregt, und hoffte auf Erlösung.
Vera erhielt einen Hintern voll, wie sie es bis jetzt in ihrem 24-jährigen Leben noch nie bezogen hatte.
Achim würde ihr schon ihre Unarten streng und konsequent austreiben. Er hatte jetzt einen Rohrstock in der Hand, und weiter folgten Hieb auf Hieb auf ihren nackten Hintern.
»Achim, nein bitte, bitte nicht mehr, hör auf« flehte Vera,
Eine Schlagfolge klatschender Rohrstockhiebe auf ihren Hintern waren seine Antwort.
Sie hob ihren schon sehr rot eingefärbten Po dem Stock entgegen. Sie zog den brennenden Schmerz gierig in sich hinein, den Schmerz und die Lust, den der Rohrstock auf ihren Hintern entfachte.
Jeder von Achim, gekonnt ausgeführter Hieb, steigerte ihre Erregung. Dieses Lustgefühl, diese Kribbeln, dieses sich Unterwerfen müssen und von Achim ihren Po versohlt zu bekommen, steigerte ihre Lust und ihre Empfindungen ungemein.
Trotz des Schmerzes den sie durch die Hiebe mit dem Rohrstock empfand, wusste sie welche Wirkung ihr gezüchtigter Hintern auf Achim hatte und wie sehr es ihn erregte.
Sie spürte, wie ihn der Anblick ihrer von ihm abgestraften Halbkugeln scharf und geil gemacht haben .
Als sie daran dachte richteten sich ihr Brustwarzen steif auf, sie war sehr erregt, sie bat Achim sich aus ihrer Position vom Bett erheben zu dürfen und wandte sich zu ihm hin.

Sie konnte Achims aufgerichtetes, dick, geschwollenes Glied sehen, was sie noch mehr erregte.
Achim hatte eine Hand um sein steifes, pochendes Glied gelegt, bewegte seine Hand rhythmisch hin und her. Er winkte Vera zu sich, splitternackt stand sie vor ihm. Er küsste ihre steif, aufgerichteten Nippel, streichelte ihren heißen Po, fuhr ihr zärtlich mit seinen Fingern, die Außenseiten, und langsam auch die Innenzeiten ihrer breit geöffneten Schenkel liebkosend streichelnd, aber auch fordernd, auf und ab, und ohne ein Wort zusagen, ging Eva vor ihm in die Knie.
Sie berührte seine Eichel mit ihrer Zunge. Ihre Lippen schlossen sich um seinen Penis, und immer wieder küsste sie seine Eichelspitze. Er krümmte sich, und sein ganzer Körper vibrierte vor geiler Lust.
Doch plötzlich zog er seinen Penis aus ihren Mund, zog sie hoch, warf sie rücklings auf das Bett. Unter ihren Po legte er ein Kopfkissen. Er nahm ihre Beine nach oben und befahl ihr sie mit ihren Händen festzuhalten.
Sie träumte von Erlösung, aber er nahm jetzt einen langstieligen Kochlöffel und begann von neuem ihren Hintern in dieser für sie sehr demütigen, für ihn aufreizenden Stellung heftig zu versohlen.
Immer wieder klatsche der Kochlöffel auf ihren zuckenden Hintern.
Nach einem Dutzend Hiebe mit dem Kochlöffel hielt er inne, streichelte und rieb ihren Po. Alles ihn ihr schrie nach Erlösung.
Achim nahm jetzt einen ziemlichen großen Dildo mit Vibrator und fing an über ihren Kitzler zu streicheln und immer wieder stieß er den Dildo fest und hart, in ihre Liebesgrotte, rein und raus, und kurz bevor er merkte, sie würde kommen, hörte er auf, und ließ sie sich beruhigen .
Diese Abbrechen ihrer Lust machte sie immer geiler! Diese Spiel hatte auch ihn sehr erregt. Vera durfte jetzt ihre Beine wieder auf das Bett legen.

Er drehte sie um und nun lag sie bäuchlings vor ihm auf dem Bett, er hob ihren Hintern an, sprach leise: »Ich werde Dich jetzt von hinten nehmend, hart durchvögeln, Du geiles Luder, bis Du vor Lust schreist! Du sollst meinen Schwanz spüren, wie er Dich ausfüllt. Ich werde es Dir besorgen wie nie zuvor, weil Du es Dir wünschst, Du geiles Biest!«

Er nahm sie ran, wie schon lange nicht mehr, fickte sie richtig fest durch, er war sehr ausdauernd, und sie hatte zwei gewaltige Orgasmen, bis auch er zur Erlösung kam.

Glücklich und in enger Umarung schliefen sie träumend in den nächsten Tag.

Die Verkehrssünderin

Eva lebt in Hamburg. Sie ist eine intelligente junge Frau. Hat einen Job in der Modebranche, und liebt schnelle Autos. Schon öfter bekam sie Anzeigen wegen überschreiten der Höchstgeschwindigkeit mit ihrem Wagen.
Auf ihrem Konto, in Flensburg hatte sich schon eine beträchtliche Zahl an Punkten angesammelt, sie musste aufpassen, bei einer der nächsten Überschreitung der Geschwindigkeit wäre sie ihren Lappen los.
An einem schönen Sommerabend im Juli, gegen 22.30 Uhr wurde sie Hamburg von einer Polizeistreife gestoppt. Sie war mit 95 km in der Stadt gefahren, wo nur 50 Stundenkilometer erlaubt waren.
Ein eigenartiges Gefühl beschlich sie, als die beiden Beamten, zwei junge Polizisten an ihren Wagen traten. Ein merkwürdiges Kribbeln in ihrem Bauch beunruhigte sie.
Sie hatte schon seit ihrer Jugend vor Männer in Uniformen Respekt und ihre forsche,manchmal freche Art mit Männern umzugehen, war bei Uniformträgern plötzlich weg und sie war eingeschüchtert, folgte den Anweisungen der beiden Polizisten.
Diese überprüften ihr Wagenpapiere und bei Rückfrage mit ihrem Computer in Flensburg stellten sie fest, dass Eva Punktezahl jetzt überschritten sei und sie ihren Führerschein abgeben müsste. Sie bettelte, ob die die Beamten nicht »ein Auge« zudrücke könnten. Sie braucht den Führerschein beruflich, und würde einer höheren Geldstrafe zustimmen .
Die beiden Polizisten lächelten sie an und sagten, es gäbe da noch eine Möglichkeit, wenn Sie an einer »privaten Verkehrserziehung« teilnehmen würde, dann dürfte sie ihren Führerschein behalten.
Sie nahmen ihre Personalien auf und gaben Ihr eine Adresse an der sie pünktlich am kommenden Freitag um 19 Uhr zu erschei-

nen habe. Sie überlegte sich die ganze Zeit was »private Verkehrserziehung« heissen würde und was wohl dahinter stecken könnte.
Die Adresse lag in einem Industriegebiet von Hamburg, und an der Tür stand: »Privates Verkehrs-Erziehungs-Gericht. e. V. spank«.
Sie klingelte, ein älterer Herr in einer Gerichtsrobe, einem schwarzen Talar, bekleidet, öffnete die Tür und bat sie Platz zu nehmen. Es würde gerade noch eine Verhandlung stattfinden, sie möge bitte warten bis man sie aufruft.
Der Raum war nur spärlich möbliert. Aus der Ferne hörte sie klatschende Geräusche, kurze Schreie einer Frau, konnte aber nicht genau orten, woher diese Geräusche kamen, ob da vielleicht irgendwo ein Fernseher in Betrieb war.
Eva beschlich ein merkwürdiges Gefühl, als sie auch ein lautes Stöhnen vernahm, die Schreie und das Klatschen aus dem Nebenraum heftiger wurden.
Nach etwa 45 Minuten öffnete sich ein Tür; eine junge Frau kann ganz aufgelöst, sich die Tränen aus dem Gesicht wischend, ihren Rock zurecht rückend, aus einem Zimmer heraus. Sie ging an Eva vorbei, und lächelt sie an .
Sie hatte ihren Führerschein in der Hand und drückte ihn ganz fest an sich!
Aufgeschreckt aus ihren Gedanken wurde Eva, als der ältere Herr ihren Namen rief und sie bat ihm zu folgen.
Eva betrat den Raum. In der Mitte stand ein Tisch, bedeckt mit einem schwarzen Tischtuch. Der ältere Herr nahm daran platz. Rechts saßen die zwei Polizisten in Uniform, welche Eva schon von der Kontrolle her kannte und die auch jetzt wieder ihr großen Respekt einflößten!
In der Ecke stand noch etwas, was Eva nicht sehen konnte, weil es mit einem schwarzen Tuch abgedeckt war.
Eva Personalien wurden verlesen .
Man erklärte ihr, dies sei ein Strafgericht für Verkehrsünderin-

nen, und für ihre Vergehen würden hier Strafen ausgesprochen und auch sofort vollstreckt.

Die Strafe wird durch Hiebe auf dem nackten Po ausgeführt, hätte nachweislich eine erzieherische Wirkung, würde das Fahrverhalten einer Autofahrerin absolut günstig und nachhaltig beeinflussen.

Sie könnte ihre Fahrerlaubnis behalten, aber bei dem nächsten Vergehen würde diese Strafe nicht mehr angewendet werden, sie muss dann ihren Führerschein für eine bestimmt Zeit abgeben. Die Chance ihn zu behalten gibt es nur einmal!

Eva liefen Schauer über den Rücken, aber sie konnte sich auch erinnern, dass als ihr Vater sie mit 17 Jahren das letzte mal übers Knie gelegt und ihr den Hintern versohlte hatte, dass dieses heiße, feurige Brennen auf ihren Hintern Lustgefühle wie kleine Blitze in ihr ausgelöst haben und neben den Schmerz auch ein wonniges Gefühl ihren Körper durchströmte.

Das war jetzt zehn Jahre her! Die ganze Zeit hatte sie daran nicht mehr gedacht.

Wenn sie die Strafe annehmen würde, könnte sie ihren Führerschein behalten! Aber was würde das für eine Strafe sein, ging ihr durch den Kopf?

Das Gericht verhängte eine Strafe von 50 Rohrstockhieben auf ihren nackten Hintern, ausgeführt von den beiden Polizisten, welche das Verkehrsvergehen festgestellt hatten, jeder hat 25 Hiebe auf Evas Po streng zu platzieren.

Eva hatte Angst vor der Strafe, aber gleichzeitig erinnerte sie sich auch an die Lust, welche sie damals dabei empfand, dieses Gefühl, diesen Lustschmerz, den wie sie jetzt glaubte doch in den letzten zehn Jahren vermisst zu haben.

Sie akzeptierte das Strafmaß, man führte sie zu dem abgedeckte Teil im Zimmer. Dort stand ein Strafbock.

Sie wurde von den beiden Polizisten bäuchlings auf dem Bock fixiert. Der Po reckte sich weit nach oben, ihr Oberkörper hing vornüber.

So ausgeliefert war sie bereit ihre Strafe entgegen zunehmen, sie merkte, wie sich eine Erregung in ihrem Körper ausbreitete. Sie fürchtete sich vor den Schlägen, aber sie freute sich auch auf den Schmerz den sie gleich fühlen würde.

Auch merkte sie die Feuchtigkeit in ihrem Schoß, wie eine Vorfreude auf die lustvollen Qualen, die sie gleich erleiden muss.

Beide Polizisten stellten sich neben den Strafbock auf. Der eine hob ihren Rock bis zu den Hüften hoch und zog ihr hastig den Slip bis in die Kniekehlen herunter.

Dann begannen beide wechselweise, die entgegengestreckten, straffällig gewordenen lustvollen Globen von Eva, Hieb um Hieb mit dem Rohrstock zu züchtigen.

Eva zuckte bei jedem Schlag mit Schmerz verzerrtem Gesicht zusammen. Sie hatte das Gefühl, es nicht ertragen zu können, aber trotz der Tränen in ihrem Gesicht hielt sie das Brennen auf ihren Hintern aus.

Evas Po brannte. Sie spürte deutlich die Striemen, wie ihre Globen angeschwollen waren. Sie hatte die Bestrafung für ihr »Verkehrsvergehen« überstanden.

Plötzlich spürte sie die warmen Hände des einen Polizisten auf ihren Po, wie er ihr zärtlich über ihren Po strich, er ihr den Slip wieder über ihre Hüften hoch zog und sie von dem Strafbock befreite.

Ihr Körper zitterte vor Erregung, aber sie spürte auch dieses erregende lustvolle Ziehen zwischen ihren Beinen.

Als sie wieder draußen im Vorraum war saß eine junge Dame auf dem selben Stuhl, auf dem sie vorher saß und schaute sie ängstlich an.

Eva lächelte, sie hatte ihren Führerschein in der Hand, drückte ihn ganz fest an sich, und verließ das Gebäude.

Fantasien real erlebt.

An einem schönen lauen Sommerabend saß Ingrid auf ihrer Terrasse ihres Reihenhauses und genoss den Abend. Sie schenkte sich ein Glas gut gekühlten Weißwein ein und ließ ihr bisheriges Leben Revue passieren. Sie ist 43 Jahre alt und schon über 20 Jahre verheiratet. Sie liebt ihren Mann, der ein erfolgreicher Geschäftsmann war, der aber weltweit viel auf Reisen ist.
Ihre Tochter war schon verlobt, lebt mit ihrem Freund zusammen etwa 40 Kilometer entfernt.
Sexuell war ihr Eheleben ziemlich zur Routine geworden. Wenn Sie mehr als zweimal im Monat mit ihrem Mann Sex hatte war das viel. Irgendwie ist die große Leidenschaft im Laufe der Jahre im Ehebett erloschen.
Sie merkte immer mehr, dass ihr was fehlt. Sie war eine selbstbewusste, attraktiv aussehende Frau, es schmeichelte sie wenn sich Männer auf der Straße nach ihr umdrehten.
Seit Anfang ihrer Ehe hatte sie in ihrem »Kopfkino« – auch schon in der Pubertät – erotische flagellantische Vorstellungen, dass ein Mann sie übers Knie legt, ihr den Hintern versohlt, weil sie etwas angestellt, etwas verbummelt, oder für unnötige Dinge viel Geld ausgegeben hat und sie dafür die strenge Hand eines Mannes auf ihren Po intensiv spüren wollte.
Diese Gedanken erregten sie sehr. Sie waren auch immer in ihrem Kopf, wenn sie mit ihrem Mann schlief, um überhaupt einen Orgasmus zu bekommen.
Sie hatte versucht mit Ihrem Mann über ihre Neigungen, Träume und Sehnsüchte zusprechen, aber er meinte, das wären pubertäre Verirrungen, ging nicht auf dieses Thema ein und sie versuchte im Laufe ihres Ehelebens ihre Wünsche zu verdrängen.
Schon der Gedanke – jetzt im Augenblick hier auf ihrer Terrasse – würde ein Mann sagen: – »Du legst dich jetzt sofort über mein Knie, ich werde Dir Deinen Hintern versohlen, ich werde Dir

deine Frechheiten schon austreiben, keine Widerrede, sonst setzt es das doppelte an Hieben auf deinem Po und zwar auf deinen Nackten!« – löste wollüstige Gefühle in ihr aus. Sie spürte, wie ihre Erregung stieg, umso mehr sie sich das in ihrem Kopf vorstellte.

In ihrem »Kopfkino« meinte sie das Klatschen der Hiebe auf ihrem nackten Po zu spüren, sie zuckte in ihrem Sessel zusammen, als wenn sie die Schläge real getroffen hätten.

Sie merkte, wie sehr sie erregt war, ihr Schoß heftig pochte, und sie sich gerne Erleichterung verschafft hätte, was sie sich aber nicht traute, weil sie Angst hatte die Nachbarn könnten etwas bemerken, oder sie dabei beobachten.

Langsam ließ ihre Erregung nach. Sie trank genussvoll ihren Wein, schloss erneut ihre Augen. Wieder sah sie die Bilder ihres frisch versohlten Hinterns vor sich, sah wie sie über den Knien eines Mannes lag, mit blanken Po, der feuerrot von den Hieben leuchtete und sie wusste jetzt... Ja, sie will es real ausleben, sie will sich von einem Mann züchtigen lassen, sie will sich ihm unterwerfen, ihm gehorchen. Sie will das Erleben und Genießen, was sich in ihrem Kopfkino abspielt, wo nach sie ich sehnte.

Sie ging früh ins Bett, schlief sehr unruhig, weil sie immer wieder wach wurde und sich überlegte, wie sie einen solchem Mann kennenlernen könnte.

Am nächsten Morgen, sie fühlte sich ziemlich übermüdet, trank sie erst mal eine Tasse Kaffee, um halbwegs wach zu werden, setzte sich an ihrem Computer um im Internet zu schauen, was es denn für Seiten über Spanking gibt. Sie wurde schnell auf eine Seite aufmerksam, wo man kostenlose Anzeigen eingeben kann. Sie las erst mal was da so alles berichtet wurde und fand auch eine Rubrik »Sie sucht ihn« las interessiert was teilweise sehr offen und direkt dort beschrieben wurde, das ihren Neigungen, ihrem Wünschen entsprach, und was sie nun endlich erleben wollte.

Sie verfasste eine Anzeige:
Neugierige, gutaussehende kultivierte Dame möchte ihre jahrelang verdrängten Träume erfüllt bekommen, sie endlich erleben. Bin Anfang 40 blond, langhaarig, manchmal undiszipliniert, auch frech, verspielt. Keine Besuchsmöglichkeit!
Suche einen dominanten Mann, bis 50 Jahre, mit einer sehr strengen Hand, der mir meine Träume verwirklicht. Bin noch unerfahren,sehne mich aber nach Hieben auf meinem Po. Wohne im Raum Frankfurt
Nickname dodo1603

Gespannt wartete sie auf ein Antwort. Einige Tage vergingen und eine Mail war in ihrem Postfach. Es meldete sich ein Mann.

Hallo dodo,
ich habe Deine Anzeige mit großem Interesse gelesen.
Bin ein langjährig erfahrender Spanker, möchte Dir Deine Wünsche gerne einfühlsam erfüllen. Du wirst es genießen. Lass uns in Mails unsere Neigungen, unsere Vorstellungen über Spanking austauschen und später wenn wir uns etwas kennen, können wir ja auch mal miteinander telefonieren. Bin gespannt, ob Du mir antwortest
Lg R.

Einige Wochen lang schickten sie sich Mails, tauschten sich gedanklich über ihre Neigungen aus, schrieben auch sehr intime Dinge in ihre Mails, was sie sich wünschten, wenn es zu einem Treffen komme würde.
Es kam zu den ersten Telefongesprächen zwischen ihnen. Sie merkten, dass sie durch den sehr detaillierten Gedankenaustausch sich gegenseitig in den Mails immer näher gekommen sind und sich gut verstanden.
Sie hatten auch Fotos ausgetauscht. Sie fand Robert, so hieß er, sehr nett und gutaussehend. Er wohnte nur etwa 100 Kilometer

von ihrem Wohnsitz entfernt, war 48 Jahre, geschieden und selbstständig. Auch sie hatte ihm schon lange ihren richtigen Vornamen Doris genant.
Nach etwa sieben Wochen intensiven Mails und Telefonaten vereinbarten sie ein Treffen auf halben Wege zwischen ihren beiden Wohnorten und trafen sich in einem Hotel zum persönlichen kennenlernen.
Als sie vor dem Hotel aus ihrem Wagen ausstieg, merkte sie, dass sie nervös und sehr unruhig war. Wie wird es sein, wenn sie sich das erste Mal gegenüber stehen. Sie erkannte ihn sofort. Er kam lächelnd auf sie zu, umarmte sie, gab ihr einen angedeuteten Kuss auf jede Wange, sie spürte den Körperkontakt und empfand es als sehr angenehm, obwohl sie ihn doch zum ersten Mal erst sah. Er führte sie am Arm an einen Tisch, welcher schon für das Abendessen gedeckt war.
Er merkte, sie war eine wundervolle, sehr erotische Frau, er sah ihr lange in die Augen, sie versuchte den Blick stand zu halten, aber schlug doch die Augen nieder und fing schnell ein Gespräch an.
Er sah sehr gut aus, sie merkte, dass er eine auf sie erregende Dominanz hatte. Diese körperliche Ausstrahlung verstärkte in ihr das Gefühl, mit diesem Mann möchte ich meine Sehnsüchte ausleben. Sie fühlte sich von der ersten Minute an zu Robert hingezogen, fühlte sich in seiner Nähe geborgen.
Mit ihm möchte sie es erleben, er soll sie übers Knie legen. Sie will sich ihm hingeben, ihm gehorchen. Sich von ihm unterwerfen lassen.
Seine Strenge will sie spüren, wenn sie zitternd über seinem Schoß liegt, seine kraftvollen Hiebe, wenn er ihr den nackten Hintern versohlt.
Sie plauderten einige Stunden intensiv miteinander, vereinbarten dass sie sich in Frankfurt in einem Spanking-Studio treffen wollen. Schon die Andeutungen, welche Robert machte, was sie denn mit ihm erleben könnte, erregten sie sehr, sie merkte dieses

Kribbeln zwischen ihren Beinen, als er sie zum Abschied zärtlich auf den Mund küsste und einen Klaps auf den Po gab, wäre sie am liebsten sofort mit ihm nach Frankfurt gefahren.
Einige Tage später trafen sie sich dann in Frankfurt in diesem Studio, welches er ihr schon beschrieben hatte. Sie war sehr aufgeregt, als sie mit Robert das Studio betrat. Sie setzen sich an die Bar, tranken ein Glas Wein und anschließend schauten sie sich die Räume an. Was sie da sah, hatte sie sich in ihrem »Kopfkino« nicht so vorstellen können. Da war in einem Raum ein großes Stahlbett. Sie sah, dass oben an der Kopfseite und unten am Ende von dem Bett Handschellen an Ketten befestigt waren, wo man die Person, die auf dem Bett liegt fixieren, dass sie sich nicht, oder nur sehr eingeschränkt bewegen kann.
In anderen Räumen standen verschiedene hölzerne und auch mit Leder bezogene Strafböcke über die man sich legen muss und der Po so schön platziert präsentiert richtig zur Geltung kommt. Sie merkte jetzt schon dieses ziehende Kribbeln in ihrem Schoß, als sie in Gedanken sich über den Bock liegen sah – mit blanken Hintern – und Robert würde ihr – so ihm ausgeliefert – den Arsch streng versohlen. Sie hatte ganz weiche Knie. Robert merkte ihre Veränderung. Er stand ganz dicht hinter ihr. Sie spürte diese gebieterische Dominanz, die er ausstrahlte, ahnte, gleich wird das passieren, wovon sie schon lange träumt. Ein harter Griff an ihrem Arm ließ sie schmerzlich aufstöhnen.
Er zog sie aus dem Raum, führte sie in ein Zimmer, wo ein großer Lederstrafbock stand und verschloss die Tür. Er zog sie an ihren blonden Haaren, dass ihr Kopf sich leicht nach hinten bog, küsste sie leidenschaftlich, fordernd und flüsterte: »Du willst, dass ich Dir jetzt kräftig deinen Hintern versohle, Dich danach ficke. Du sollst meinen Schwanz in Dir spüren, ich werde es Dir so heftig besorgen, wie nie ein anderer Mann zuvor.«
Er packte sie, beugte sie über den Strafbock, fixierte ihre Hände und Füße mit Ledergurten am Bock, schlug ihr den Rock hoch, versohlte ihren Hintern mit der Hand. Er spürte, wie ihr Po all-

mählich heiss wurde. Mit einem Ruck zog er ihr Höschen herunter. Ihr leicht zitternder und entblößter Hintern lag nun in seine ganzen Pracht vor ihm. Er knetete sanft ihre Pobacken, sie keuchte heftig.
Erneut feste Schläge ließen ihren Po immer röter werden, brachten sie zum Schreien.
Seine Hand glitt zwischen ihre Schenkel, er merkte dass sie feucht war, rieb mit seinen Fingerkuppen an ihren Schamlippen. Sie stöhne lustvoll. Robert hatte eine sehr kräftige Handschrift. Ihr Hintern zuckte, wackelte unter den Hieben, sie zitterte am ganzen Körper. Nun nahm er einen Rohrstock in die Hand. Sie ahnte, jetzt wird sie zum ersten Mal den Rohrstock auf ihren Hintern zu spüren bekommen. Der erste Hieb war noch nicht hart, aber sie schrie auf. Der brennende Schmerz biss sich tief in das Fleisch.
Robert ließ jetzt in schneller Folge einige weitere Rohrstockhiebe auf ihren Hintern folgen.
Zwischendurch machte er eine Pause, streichelt ihren Po. Sie schloss die Augen unter dem lustvollen Schmerz der durch ihren Körper zuckte. Auch er war sehr erregt. Sein steif gewordener Schwanz drückte mächtig gegen seine Hose. Er beugte sich zu ihr herunter. Seine Hand streichelten ihre Schamlippen, er rieb mit seinen Fingerkuppen ihren Kitzler intensiv.
Sie keuchte, ihr Atem wurde schneller.
Er flüsterte ihr ins Ohr: »Liebling ich werde Dich jetzt ficken. Du wirst meine Schwanz fühlen.« Er stand dicht hinter ihr. Ihr über den Strafbock gebeugter Hintern schob sich ihm entgegen. Er öffnete sein Hose, sein praller Schwanz war ganz aufgerichtet, er drückte ihn gegen ihren Po, sie spürte die Härte seines Gliedes. Noch williger schob sie ihm ihren Hintern hin. Der Gedanke allein, dass sie ihm ihren Po so bereitwillig hinstreckte ließ sie noch feuchter werden. Er rieb seinen Schwanz zwischen ihren Pobacken. Ganz langsam, gefühlvoll drang er in ihr ein. Ihren wippenden Po hielten seine Hände umspannt, streichelten

ihn, seine Stöße wurden immer intensiver. Er fickte sie erbarmungslos durch, sie schrie stöhnte vor Lust, wand sich unter seinen heftigen Stößen.
Sie bekam einen heftigen Orgasmus. Sie stöhnte unter dem lustvollen Schmerz der durch ihren Körper strömte. Er hatte sich mit seinem Orgasmus zurückgehalten. Band sie von dem Strafbock los. Sie stand mit zittrigen Beinen vor ihm, ging in die Knie, sah seine pralle Eichel direkt vor ihrem Mund. Sie starrte auf seinen, steifen Schwanz, ahnte was jetzt folgen würde. Sie stöhnte, schloss die Augen. Sie öffnete ihren Mund. Mit ihrer Zungenspitze liebkoste sie die Spitze seiner Eichel, ließ langsam ihre Zunge an seinem Glied entlang gleiten, bis sie ihren Mund öffnete, den erregt zuckenden Schwanz ganz aufnahm. Er drang tief in ihrem Mund ein, er hielt sie an den Haaren fest, seine stoßenden Bewegungen wurden stärker, der Rhythmus wurde heftiger. Mit einem lauten Aufschrei, einem anschwellenden Stöhnen entlud er sich in ihrem Mund. Langsam klang ihre Erregung ab, sie zogen sich wieder an und gingen in die Bar.
»Fühlst Du Dich gut Doris, bist Du glücklich?« fragte er sie, nahm sie in den Arm und küsste sie leidenschaftlich.
»Ja sehr«, sie drückte sich ganz fest an ihn.
Sie trafen sich in Zukunft alle 14 Tage immer in den Club in Frankfurt und lebten mit Hingabe ihre Neigungen aus. Sie suchte seine Nähe, genoss es wenn er sie schlug, sie wollte sich auch weiterhin ihm hingeben, ihm gehören, ihm gehorchen. Als Mann war er eine Offenbarung für sie.
Sie hatte das gefunden, wonach sich immer gesehnt hat...